Für alle
Psychologen,
die mit dem Idiotentest
ihren Lebensunterhalt ergaunern.

„Ist die DDR wieder auferstanden?“,

fragen viele. Auch in Mainz leiden leider immer mehr Menschen an der deutschen Hülsenfrüchtekrankheit. Die Diagnose lautet: „Die habbe was an de Erbs!“

Vegetarische Moralapostel, verbohrte Antialkoholiker und fanatische Nichtraucher terrorisieren das Land. Alle hauen auf die werthaltige, nachhaltige und klimaneutrale Phrasenpauke. Manchmal glaubt man, dass eine absurde DDR aufersteht, ein Bevormundungsstaat in Form der Deutschen Dummbabbel Republik.

Die schwachsinnige Umweltzone wird zum alkoholfreien und fleischlosen Nichtraucherkalifat ausgebaut. Ein Stück „Fleischworscht“ macht krank! Ein Bier ist ein Sicherheitsrisiko! Ein „Sauergeschpritzter“ führt zum Alkoholismus! Eine Zigarette gibt Lungenkrebs!

Mit Gesetzen und Verordnungen werden hirnrissige EU-Sozialnormen eingeführt. Was die Anzahl von absurden Rauch- Trink- und Essverboten angeht, konkurriert die Bundesrepublik mit dem „Islamischen Staat“.

Wann wird Hausmacher Wurst verboten? Werden vegetarische Frikadellen bald gesetzlich vorgeschrieben, und Winzer als Drogenhändler verurteilt? Kommt die Null-Promillegrenze für Rollstuhl- und Schubkarrenfahrer?

Juristen, Mediziner und Psychologen verdienen sich jetzt schon dumm und dusselig mit der MPU-Bestrafung von besoffenen Radfahrern als „Alkoholstraftätern“. Ist es bald auch strafbar, ein Schmalzbrot zu essen?

Neulich wollte der Sozialdezernent in der europäischen Weinhauptstadt Mainz sogar den Alkoholausschank auf Kindergartenfesten verbieten. Vernünftige Eltern und Erzieherinnen haben diesen Irrsinn verhindert. Vorläufig jedenfalls. Aber das kann ja noch werden.

Das literarische Personal

Karl Napp: Mainzer Hutsimpel, früher Polizist, heute Hausmeister und Privatdetektiv.
De Frängie: Chief-Assistant von Karl, was auf deutsch so viel heißt, als wie „de Machemoldessdo".
Herbert: Hundefreund und Hobbyjäger aus Mummerum.
Rudi: Herberts Dackel, ein Sauvieh.
Erna Napp: Karls Frau. Schrecken ihrer Mieter und des Hausmeisters Karl Napp.
Luise „die Beißzang" Neumann: nette Frau.
Meikel: fescher österreichischer Wasserskilehrer im Mainzer Winterhafen. Vierter Ehemann von Luise. Ist 17 Jahre jünger als sie und hat die Midlife-Crisis.
Hans, Willi, Franz-Eberhard: die drei Exmänner von Luise. Bilden gemeinsam eine Männerselbsthilfegruppe, den Jammerlappenstammtisch.
TÜF, ADAZE: Konzerne, die wenig, oder keine Steuern zahlen, aber mit MPU-Instituten Millionen machen.
Der Mainzer MPU-Berater J. Grabmal: macht viel Schwarzgeld mit seinem mafiösen MPU-Netzwerk
Der Wiesbadener Verkehrspsychologe H. Kaktus: Ergaunert noch mehr Geld mit dem Idiotentest. Will in Mainz die alkoholfreie und fleischlose Nichtraucher-diktatur einführen. Sektenführer der wahnsinnigen
NSAEV: No Smoke! No Alk! Eat Veggy. Militante Kampfgruppe, organisiert wie der Islamische Staat.
Petra und **Der Sensenmann:** Mitkämpfer von Kaktus. Nüchtern, rauchfrei, veganisch, humorlos, fanatisch.
M. Schtolte: Mieterin von Erna. Fast so schlimm wie
Karl-Heinz, Monika-Ellen, Gwendolyn-Virginia und **Jean- Baptist Napp-Mahlzahn:** Karls Sohn, Schwieger-tochter und Enkel, die „vierfache Geißel Gottes".

„Deppschees!“,

rief der Radfahrer erschrocken, als ein alter Jaguar mit einem Affenzahn an ihm vorbei zischte. Das Auto überholte so nah, dass der Radler vom Luftsog ins schlingern kam. Der Jaguar raste die Landstraße von Hechtsheim nach Laubenheim hinunter und wurde immer schneller.

Auf dem Fahrersitz saß eine Frau, die beide Hände ins Lenkrad krallte und panisch auf das Bremspedal trat. Aber die Bremsen reagierten nicht. Als sie auf eine Baustelle zuraste, hupte sie hektisch, um zu warnen. Die Schaffer vom Mainzer Grünamt hatten die rechte Fahrbahn gesperrt, um Bäume zu schneiden.

„Iss die depp?!“ , rief einer, ließ die Motorsäge fallen, und sprang auf die Seite.

Signalhütchen flogen durch die Luft, als der Jaguar durch die Baustelle raste. Das rot-weiße Absperrband wickelte sich um die Windschutzscheibe und flatterte wie eine Fahne hinter dem Auto her.

„Du bleed Schneck!“, schrie der Arbeiter fassungslos hinterher. Fast wäre er überfahren worden.

Weiter unten verlor sie endgültig die Kontrolle über den Wagen. Der Jaguar brach in der Rechtskurve aus. Um ein entgegenkommendes Auto nicht zu rammen, riss sie den Lenker nach links, und donnerte in den Acker.

Die Arbeiter vom Grünamt rannten zur Unfallstelle. „Schade um dess scheene Audo“, sagte einer, als sie auf den demolierten Jaguar zu liefen. Der Oldtimer hatte sich tief in den Acker eingegraben.

„Iss der was bassiert?“, fragte seine Kollegin.

Die Fahrerin gab keine Antwort. Sie war um die siebzig und kreidebleich. Sie saß immer noch am Steuer, und versuchte, mit zitternden Händen eine Zigarette aus der Packung zu fingern.

„Die hot en Schock“, sagte einer.

„Ich habe keinen Schock!“, zischte die Jaguarfahrerin. „Ich bekomm nur die Kippen nicht aus der Packung!“

Die Arbeiterin vom Grünamt reichte ihr einen angezündeten Glimmstengel.

„Danke“, murmelte sie, und zog hastig an der Kippe.

„Soll isch en Krangewaache rufe?“, fragte einer, und zückte sein Händi.

„Quatsch“, sagte die Jaguarfahrerin, löste den Gurt und stieg mit wackligen Beinen aus. Sie bat den Mann, eine Nummer zu wählen.

„Auto Fuhrmeister, was kann ich für Sie ...?“

Sie nahm dem Arbeiter das Telefon aus der Hand. „Hier spricht Luise Neumann. Mein Wagen war vor einer Woche in der Inspektion. Jetzt haben die Bremsen versagt. Das Auto ist kaputt und liegt im Acker. Sie holen sofort den Wagen ab! Ich warte hier. Ende.“

Dann bedankte sie sich bei den Helfern, und entschuldigte sich bei dem Mann, den sie fast überfahren hatte. Sie gab ihm 100 Euro für die Kaffeekasse.

Der alte Jaguar wurde von Fuhrmeisters Mechanikern sorgfältig untersucht. Die Fahrerin stand kettenrauchend daneben, und ließ sich jeden Arbeitsschritt erklären. Die Bremsanlage war nagelneu und tipptopp, ein Materialfehler ausgeschlossen. Es gab keinen Zweifel. Irgend jemand hatte die Bremsleitung manipuliert. In der Zeit zwischen der Inspektion und dem Unfall.

„Jetzt hab ich die Faxen dick!“, knurrte Luise Neumann. Das war der dritte Mordversuch. Sie beschloss diesen Privatdetektiv Karl Napp einzuschalten. Angefangen hatte der Alptraum vor vier Wochen.

„Dess iss doch net zu fasse!“,

meckerte Karl Napp, als er in der Zeitung las, dass vom Jahrgang 1996 sagenhafte 60 Prozent Abitur machten, und unglaubliche 40 Prozent studierten. Deutschland sollte anscheinend nicht nur Fußball - , sondern auch Bildungsweltmeister werden.

Karl, empört: „Erna! Es gibt 2,6 Millione Schtudente! Bald will gar kääner mehr ebbes schaffe!“

„Pfft“, sagte Erna Napp. „Als ob Du Hutsimpel schon emol ebbes geschafft hättst.“

Erna war gelernte Verkäuferin, und hatte lange „beim Brenningmaier“ gearbeitet. Diese Firma wird von jüngeren Menschen auch C&A genannt. Dann hatte Erna das 12-Familienhaus, in dem sie lebten, von Tante „Helensche“ geerbt. Seitdem war sie der Schrecken aller Mieter und ihres Mannes.

Erna: „Hoste die Blumekübbel raus geschtellt?“

Karl brummelte etwas in seinen Bart. Nach der Hauptschule hatte er Elektriker gelernt, wobei er sich den Spitznamen „Korzschlusskarl“ verdient hatte. Dann war er zur Polizei gegangen, wo man ihn wegen zu viel Alkohol im Dienst frühpensionierte. Dank Erna war Karl nicht nur Hausbesitzer, sondern auch Hausmeister. Weil ihm der Job als „Fäsilidimänätscher“ unter Ernas Kommando zu langweilig war, hatte er im Keller ein Detektivbüro eröffnet. Zusammen mit Exkollege Herbert Dickmilch aus Mommenheim. „Napp und Dickmilch. Spezialgebiet eheliche Untreue“, lautete der edle Firmentitel.

„Kall? Wann schtellste dann endlisch die Blume ...“

„Isch muss jetzt ins Bürro!“, sagte Karl, und nahm die Zeitung mit. Erstens, um in Ruhe zu lesen, zweitens, um Ernas Aufträgen aus dem Weg zu gehen.

„Der Nächste!“,

rief eine rauchige Frauenstimme aus dem Chefzimmer.

Als die Tür aufging, strömte eine Nikotinwolke ins Vorzimmer. Durch die Rauchschwaden schlich Kandidat Nummer Zwei wie ein geprügelter Hund aus dem Chefzimmer heraus, stolperte über den dicken Teppich im Vorzimmer, und wünschte Kandidat Nummer Drei viel Glück, bevor er heilfroh die Firma verließ. Das war das ungute Ende eines Vorstellungsgesprächs.

Kandidat Drei stand auf, packte nervös sein Läptop, ging vorsichtig an den beiden riesigen Doggen vorbei in die Räucherkammer, und stellte sich vor.

„Soso“, sagte die rauchende Frau hinter dem Schreibtisch. „Sie haben also nicht nur einen Abschluss in Architektur, sondern auch noch ein Aufbaustudium in Facility-Management absolviert.“

„An der EBS in Eltville“, sagte Kandidat Nummer Drei, und wollte seine zukünftige Arbeitgeberin mit einer perfekten Power-Point-Präsentation in denglischer Sprache von seinen Qualitäten überzeugen.

„Ersparen Sie mir dieses Gebabbel“, winkte die Chefin ab. „Haben Sie Praxiserfahrung?“

„Äh, wie meinen Sie das?“

„Ob Sie schon einmal etwas vernünftiges gearbeitet haben, will ich wissen. Als Hilfsarbeiter auf dem Bau, zum Beispiel. Um sich das Studium zu verdienen.“

„Ich habe im Rahmen des Studiums ein dreimonatiges Handwerkspraktikum bei renommierten ...“

„Zeigen Sie mal!“, befahl die Chefin. In der Ecke des Zimmers war ein Sandkasten. Im Sandhaufen steckte eine Schaufel. Sie hielt einen Sack auf. Er sollte mit der Schaufel Sand hinein schippen.

„Stopp!“, sagte sie nach 10 Sekunden. Der Bursche hatte noch nie im Leben eine Schaufel in der Hand gehabt.

„Was ist das?“, fragte sie. Sie hielt zwei leere Verpackungen aus dem Baumarkt hoch.

„Äh“, rätselte Kandidat Nummer Zwei.

„Mit anderen Worten: Sie können noch nicht einmal Zement von Fliesenkleber unterscheiden!“

„Das gehört eher nicht zum Aufgabenprofil eines Facilitymanagers“, wagte er zu widersprechen.

„Bei mir schon! Sie sollen sich um 400 Wohnungen kümmern, die dauernd repariert, oder saniert werden. Und um Gewerbehallen. Wie wollen Sie Handwerker kontrollieren, oder Ausschreibungen beurteilen, wenn sie keine Schaufel von einer Kelle unterscheiden können?“

Endgültig fiel der angehende Facilitymanager durch die Prüfung, als er etwas von „win-win-situationen“ daherfaselte. Und von „business-cases“ und ...

„Hören Sie auf mit dem Käs! Bei mir wird gearbeitet, statt dreidimensionale Luftschlösser am Läptop gebaut. Sie bewerben sich besser beim Berliner Flughafen!“

Als Kandidat Nummer Drei hinaus flog, war die Bewerbungsrunde für heute beendet.

„Unglaublich, was diese jungen Leute heute auf der Uni für einen Scheißdreck lernen!“, schnaubte Luise Neumann, und trank einen Cognac zur Zigarette.

Die langjährige Sekretärin grinste. Genau so kannten und liebten sie ihre Chefin. Selbst Angestellte, die ihre Brötchengeberin nur „die Beißzang“ nannten, sprachen den Spitznamen mit Hochachtung aus.

„Sie haben jetzt den Termin bei diesem Verkehrspsychologen“, sagte die Sekretärin vorsichtig.

Luise fluchte gar gräulich, packte die Hunde ins Auto und fuhr von Mainz nach Wiesbaden zu diesem ...

hing hinter der Tür. Mittels Tapeband war der Sprengkörper zusammen mit einem Feuerzeug an der Türklinke befestigt. Die Zündschnur des Sprengsatzes war gekürzt. Bewegte sich die Klinke nach unten, rieb der Feuerstein an der Tür und entzündete die Zündschnur. Wer immer die Klinke nach unten drückte, um den Raum betreten, hatte keine Chance, der Explosion zu entkommen.

Die beiden Bombenbauer hatten eine Stunde gebastelt. Statt der großen Sprengladung hatten sie „Nonneferzjer", kleine Feuerwerkskörper benutzt, um zu üben. Am schwierigsten war es, die ideale Kürze der Zündschnur zu ermitteln. Aber nach zehn Versuchen war die Bombenfalle perfekt. Genau eine Sekunde nach Betätigung der Klinke, also mit dem ersten Schritt in den Raum, würde die Bombe hoch gehen. Zur Sicherheit hatten sie als Bombe einen Mehrfachsprengkörper ausgesucht. Jetzt fieberten sie der Ankunft des Opfers entgegen.

„Wo bleibt dann der Hutsimpel?", fragte Bombenbauer Eins, und zog ungeduldig an seinem Stumpen.

Bombenbauer Zwei sah nervös auf die Uhr. Das Attentatsopfer war seit einer halben Stunde überfällig. Er überlegte, ob er das Opfer mit einem Telefonanruf in das Büro locken sollte, aber ...

„Obacht, er kommt!", sagte Bombenbauer Eins, und zog schadenfroh an seinem Stumpen.

Sie hörten tapsige Schritte im Flur. Ahnungslos tappte das Opfer in die Falle.

„In zehn Sekunden knallt's", schätzte Bombenbauer Zwei die Zeit bis zur Explosion.

Bombenbauer Eins zählte laut mit: „Zehn, neun, acht, sibbe, sechs, fümf ..."

Diplom-Psychologe Heinrich Kaktus,

stand auf dem Schild. Der Scharlatan hatte seine Praxis in der Wiesbadener Innenstadt. Luise rauchte eine Zigarette, um sich zu beruhigen. Seit einem Idiotentest vor 10 Jahren konnte sie keine Psychologen ertragen. „Seelenkundler" hießen die auf deutsch, und das sagte alles. Jetzt hatte man ihr wegen zuviel Punkten und 0,4 Promille bei einer Kontrolle „verkehrspsychologische Beratung" aufgebrummt. 90 Euro wollte der Schurke pro Stunde.

Sie klingelte und ging hoch in den dritten Stock. Ein magerer Mann begrüßte sie mit labbrigem Händedruck. Die „Praxis" war ein Zimmer seiner Wohnung, das der Psycho-Heini privat nutzte, aber trotzdem von der Steuer absetzte. Die Einrichtung bestand aus zwei Sesseln und einem Kleiderbügel. In der Ecke stand ein Katzenbaum. Sie gab ihm 90 Euro und verlangte eine Quittung.

„Wozu brauchen Sie eine Quittung?", fragte er.

„Damit Sie das Geld nicht schwarz einstecken", sagte Luise. „Psychologen stellen Wischi-Waschi-Bescheinigungen aus, schreiben aber nicht den erhaltenen Geldbetrag darauf, und schicken keine Rechnung."

„Das ist ein Klischee", log er.

„Nach meinen Erfahrungen nicht", sagte Luise. „Und ich mache auch keine Angaben über private Gewohnheiten, oder Familienverhältnisse, die niemand etwas angehen."

„Sie haben eine negative Grundeinstellung."

„Quatsch! Ich habe keine negative, sondern eine realistische Grundeinstellung zu Seelenkundlern."

„Sie sind Wiederholungstäterin?"

„Ja, ich bin eine ganz gefährliche Alkoholstraftäterin, weil ich vor 10 Jahren betrunken Auto gefahren bin, ohne jemand zu schädigen Das nennt sich „Trunkenheitsfahrt ohne Folgen“ und hat in Deutschland höhere finanzielle Folgen als der Besitz von Kinderpornografie.“

„Ich glaube, dass Sie Probleme mit Autoritäten haben.“

Luise: „Ich glaube, dass dieser MPU-Quatsch eine weltweit einmalige und ungeheuerliche Abzockerei ist.“

„So lautet das landläufige Vorurteil über die medizinisch-psychologische Untersuchung. Aber ...“

„Es ist kein Vorurteil, dass das Arbeitsamt Psychologen auf Kosten des Steuerzahlers die Umschulung zum Verkehrspsychologen bezahlt. Dieser MPU-Unfug ist eine dreiste ABM-Maßnahme für unfähige Psychologen.“

Kaktus fühlte sich ertappt und fing an, Vorträge über „abnormales Trinkverhalten“ zu halten. Damit meinte er alle Menschen, die mehr als ein Glas Wein trinken.

„Sie reden abnormalen Unfug. Wenn die Kanzlerin den Hollande zum Essen einlädt, gibt es fünf Gänge, und dazu fünf Weine. Das sind 0,5 Liter! Soll die Merkel deshalb zum Idiotentest antreten?“

„Das gefährliche am Alkohol ist die euphorische Wirkung“, warnte Kaktus allen Ernstes, und fragte frech: „Trinken Sie regelmäßig schon tagsüber?“

„Ich beantworte keine unverschämten Fragen von seelisch abnormalen Psychologen, die an krankhafter Neugier und Kontrollzwang leiden.“

„Alle Trinker werden rückfällig und begehen Alkoholfahrten. Das ist statistisch erwiesen und ...“

„Dollbohrer!“, sagte Luise.

„Was heißt das auf deutsch?“, fragte der Psychologe.

„Arschloch heißt das“, sagte Luise, stand auf, und ging.

„Dich kriegen wir!“, murmelte Kaktus tödlich beleidigt. Wie so viele Psychologen konnte er es nicht ertragen, wenn seine Kunden wie erwachsene Menschen auftraten, statt wie geistig minderbemittelte „Klienten“.

Bürro,

stand auf der Tür im Keller. Darunter stand in etwas kleineren Buchstaben „Kompetenzzentrum“. Aber das Büro mit zwei r, und das neumoderne Kompetenzzentrum verdeckten nur die älteste Türbeschriftung. „Karls Blaue Lagune“ war sein ehemaliger Partykeller. Merkwürdig war, dass es im Flur nicht nur nach Herberts Zigarren, sondern auch nach Schießpulver stank.

„Komisch“, dachte Karl, drückte die Türklinke herunter und tappte ins Büro. Dann dachte er gar nichts mehr, weil ihn mehrmals der Schlag traf. „Bumm, Bumm, Bumm!“, tat es laute Schläge, als der Knallfrosch explodierte.

„Es funktioniert!“, jubelte Franky.

„Hoho“, grölte Herbert und zeigte mit dem Stumpen auf Karl. „Der guckt, wie e Kuh, wenn’s blitzt!“

Und Dackel Rudi fing an, zu bellen wie ein Blöder.

„Knalldeppe!“, brüllte Karl. Immer noch erschrocken von der Knallerei, ging er hinter die Theke, und schenkte sich zur Beruhigung einen Sauergespritzten ein.

„Das war Herberts Idee“, lachte Franky, und erklärte stolz den Mechanismus.

„Frängie, du sollst die Blumekübbel raus schtelle!“, grummelte Karl und fügte hinzu. „Befehl von de Erna!“

„Mir habbe nur 10 Versuche gebraucht, bis es geklappt hot“, sagte Herbert. „Do wird die Al Kaida neidisch.“

„Vollidiot!“, brummelte Karl. Die Tür war schwarz von Explosionsrückständen. Unten lagen geplatzte Knallkörper. Keiner kam auf die Idee, den Dreck wegzuräumen. Karl auch nicht. Er goss Wasser auf die glimmenden Reste, setzte sich, und las schweigend Zeitung.

Glucksend ging Franky hoch, um Blumenkübel raus zu stellen. Wie jedes Jahr um diese Zeit. Es war Mai.

„Dich kriegen wir noch!“,

wiederholte Kaktus angewidert, und riss das Fenster auf, um zu lüften. Er sah, wie Luise Neumann rauchend zu ihrem Auto stampfte, das natürlich im Parkverbot stand. Und noch schlimmer: Sie stieg ein, und fuhr rauchend los, obwohl im Auto zwei Hunde waren.

Kaktus notierte sich blitzschnell das Kennzeichen ihres Autos. Einen kurzen Moment überlegte er, ob er sie wegen Tierquälerei anzeigen sollte. Der fanatische Nichtraucher Kaktus hasste Raucher. Raucher gefährdeten rücksichtslos die Gesundheit von Menschen und Tieren. Deshalb war er Mitglied in der Wiesbadener Nichtraucherkampfgruppe, die den uralten Helmut Schmidt angezeigt hatte.

„Und sie ist eine gefährliche Alkoholstraftäterin!“, zischte Kaktus. „Sogar eine Wiederholungstäterin!“ Der fanatische Antialkoholiker sah in jedem Trinker eine Gefahr für die Menschheit. Deshalb war er führendes Mitglied in der Kampfgruppe „Rhein-Main-Alkoholfrei“.

„Ganz sicher isst sie auch Fleisch“, zischte Kaktus überzeugt. Er war ein fanatischer Veganer, und hielt alle Fleischfresser für Tiermörder.

„Und sie hasst Psychologen!“, zischte der Psychologe Kaktus. „Sie nimmt mich nicht ernst!!“, brüllte er wütend, und lief aufgeregt durch die Wohnung. Die Wohnung war leer und einsam, seit ihn seine Frau verlassen hatte. Er sei meschugge, hatte sie gesagt, und die zwei Kinder gleich mitgenommen.

„Du wirst mich ernst nehmen!“, zischte Kaktus und setzte sich an seinen Computer. Er versuchte alles heraus zu finden, was es über Luise Neumann heraus zu finden gab. Alles! Restlos! Jedes Detail!

„Gebt's was zu schaffe?", fragte Herbert.

Karl las schweigend Zeitung. Er schmollte immer noch.

„Also gebt's nix zu schaffe", schlussfolgerte Herbert und ließ seinen Hosenträger schnerren. Wie immer trug er eine alte speckige Breitbandkordhose, die er „Manschesterhose" nannte.

Rudi wälzte sich in den nassen Explosionsrückständen.

„Loss dess du Sauvieh!", sagte Herbert.

Da stand der Dackel auf und schüttelte sich. Schwarzes Dreckwasser flog durch die dicke Luft und – platsch - landete ein Tropfen genau auf Karls Lesebrille.

Karl putzte die Brille und sah sich um. „Karls Baue Lagune" stand auf dem Schild über der Theke, auf der viele ungespülte Gläser standen. Die blau gestrichenen Tapeten waren allmählich so nikotinfarben, dass man sie kaum noch von den aufgepappten gelben Sternen unterscheiden konnte. Rund um die Dartscheibe war die Wand mit Einschusslöchern übersät. Dazwischen lag überall Detektivgerümpel. Der kleine hässliche Couchtisch bog sich unter der Last von alten Zeitungen und Frankys sinnlosen Bodybuilderzeitschriften.

„Solle mer emol es Bürro uffräume?", fragte Karl, der anscheinend seine Schmollphase überwunden hatte.

„Dess soll de Frängie mache", antwortete Herbert, zog an seinem Stumpen, und blätterte weiter in seiner sinnlosen Jägerzeitschrift „Herr und Hund".

„Warum issen kä Babier im Fax?", fragte Karl.

„Weil de Frängie vergesse hot, Babier zu kaufe."

Karl stand auf, und kritzelte vorwurfsvoll auf das Flippchart: „Papier kaufen!"

Damit waren alle Büroarbeiten erledigt. Mehr gab es im Moment nicht zu tun. Aber da rief Erna.

„Werthaltig, nachhaltig, klimaneutral!“,

dachte Luise wütend. Für dieses Geschwätz war sie vom Psychologen hierher ins Rathaus gerast. Erst plapperte der Sittich. Das war der Wirtschaftsdezernent, der keinen Weihnachtsmarkt organisieren konnte. Dann sprach die Baudezernentin, die keine Ahnung vom Bau hatte. Dann der Leiter vom Kompetenzteam Dingsbums. Dann der Vorsitzende vom Effizienzteam Trallala. Dann ...

Es war grauenhaft. Alle redeten viel, ohne etwas zu sagen. Sie hauten auf die „werthaldische, nachhaldische und klimaneutrale“ Phrasenpauke. Das taten sie immer. Egal, bei welchem Thema.

Wenn diese Schwätzer jedes Mal fünf Euro in die Phrasenkasse werfen müssten, dann wären alle Finanzprobleme der Stadt Mainz gelöst, dachte Luise.

Aber was wollte man von Menschen erwarten, die ihr Büro zum „Kompetenzzentrum“ aufbliesen? Um eine alte Weinkelter in der „europäischen Weinhauptstadt Mainz“ aufzustellen, gründeten die Phrasendrescher sogar eine „Weinpressen-Task-Force“.

„Forzklopper!“, dachte Luise, und sah auf ihre Strichliste. Bis jetzt hatte sich 66 Mal das Wort „nachhaltig“, 73 Mal das Wort „werthaltig“ und 81 Mal das Wort „klimaneutral“ in ihr Hirn gebohrt. Seit 90 Minuten hatte sie keine Zigarette geraucht, und zu saufen gab es natürlich auch nix, außer Wasser und Kaffee.

Aber sie musste hier sitzen. Sie hatte sich mit dem Bauunternehmer Hohlblockfriedel von der Mainzer Handkäsmafia abgesprochen. Friedels Angebot würde niedriger sein als ihres. Er würde diesen Auftrag bekommen. Zum Ausgleich war Luise beim nächsten Mal an der Reihe. *Mer kenne uns, mer helfe uns,* dachte Luise.

„Um Gottes Willen!“, murmelte Luise, als der berüchtigte Sozialdezernent Kaufmann loslegte. Niemand wusste, was der hier verloren hatte. Vermutlich war es die Jahrzehnte lange Gewohnheit, zu jedem Thema, von dem er keine Ahnung hatte, seinen Senf dazuzugeben.

Luise flüchtete auf die Toilette, um sein Gebabbel nicht zu ertragen. In Wirklichkeit fuhr sie mit dem Fahrstuhl nach unten, um vor dem Rathauseingang zu rauchen. Wütend rief sie Hohlblockfriedel an. „Wie hältst Du seit Jahrzehnten dieses Geschwätz aus?!“

„Ei, isch hör ääfach net zu“, lachte Friedel, und fragte: „War die Umweltkadi schon an de Reih?“

„Nein!“, zischte Luise.

„Die iss am allerbeste von dene ganze werthaldische Rathausartiste“, lachte Friedel und legte auf.

Sie rauchte noch eine Zigarette und fuhr wieder hoch. Die Umweltdezernentin redete und redete. Ein langer monotoner Wortschwall ohne Punkt, ohne Komma, ohne Inhalt. Beliebig austauschbare Sätze aus fertigen Textbausteinen. Es hatte auch keinen Sinn, Strichlisten zu führen, wenn sie sprach. So viele „werthaltig, nachhaltig, klimaneutral“ konnte man gar nicht zählen. Und niemand wusste, wozu die ganzen Journalisten hier anwesend waren. Es wurde ja nichts gesagt.

Eigentlich ging es um die Sanierung vom Rathaus. Was für ein Quatsch. Den Bunker konnte man klimaneutral abreißen, aber niemals „energieeffizient“ sanieren. Schon gar nicht für 50 Millionen. Für 70 auch nicht.

„Ich werde langsam zu alt für diesen Unfug“, dachte Luise. Als das Elend vorbei war, brauchte sie einen Cognac. Deshalb marschierte sie vom Rathaus über den Brand zu dem Italiener am Leichhof. Dort saß sie ganz gerne im Freien, weil da tout Mayence vorbei tappte.

„Kall!“,

rief Erna. „Komm hoch, de Frängie packt dess nit allää!“

Karl ging seufzend hoch in den Hof. Wie so viele Bodybuilder war auch Franky zu richtigen Arbeiten eher weniger zu gebrauchen. Ungeschickt versuchte er, den alten Steintrog mit dem Sackkarren über die Schwelle der Garage zu ziehen. Karl packte mit an. Franky zog den Karren, Karl schob den sauschweren Trog von hinten.

„Bass bloß uff moin Oleander uff!“, sagte Erna.

„Pass bloß auf deine Hand auf“, warnte Franky, und zog mit aller Kraft, um über die Schwelle zu kommen.

„Uuaahh!“, brüllte Karl, als er sich die Hand zwischen dem Steintrog und der Garagentorzarge quetschte.

Franky richtete den Karren auf, damit die Hand frei kam, verlor aber die Kontrolle, weil die Last so schwer war.

„Uihh!“, brüllte Karl, als der Trog auf den Fuß krachte.

„Was kreischt dann der Dollbohrer so laut?“, lachte Uroma Annemie. Sie stand mit dem Rollator daneben.

„Die Deppschees hot mir noch gefehlt!“, fluchte Erna, als ihre Lieblingsmieterin in den Hof kam.

„Es ist 13:44 Uhr!“, maulte Marianne Schtolte mit bohrender Stimme in affigem Fernsehhochdeutch ohne sch. „Ich muss sie bitten, die Mittagsruhe bis 15 Uhr einzuhalten. Ich habe heute meinen homeoffice Tag.“

„Babbel nit so bleed!“, sagte Erna. „Uffem Lerschebersch dät’ste jetzt aach nix schaffe.“

„Uuaarrhh!“, brüllte Hausmeister Karl, und humpelte wütend auf die ZDF-Schnepfe zu. Mit seiner blutenden Hand hatte er das ganze Hemd und die Hose versaut.

„Unerhört!“, erschrak die Schtolte und floh hoch in ihre Wohnung.

Erna: „Hopp jetzt! Da vorne soll der Oleander hin!“

„Frau Neumann?“

Immer noch wütend über diesen Psychologen und das dumme Geschwätz im Rathaus, achtete sie kaum auf den Mann, der sie im Menschentrubel am Brand ansprach.

„Frau Neumann, Sie waren eben im Rathaus.“

„Ja und?“

„Mein Auftraggeber möchte diesen Auftrag.“

„Dann soll er ein besseres Angebot machen als ich.“

„Mein Auftraggeber ist sehr einflussreich. Er möchte, dass Sie ihr Angebot zurückziehen und ...“

Luise blieb wütend stehen: „Ihr geheimnisvoller Auftraggeber kann mir den Buckel runterrutschen!“

„Ich warne Sie. Sie bekommen Probleme, wenn ...“

„Mach dich vom Acker!“, zischte Luise auf meenzerisch. Aber bevor sie weiter schimpfen konnte, wurde sie von einer Frau angerempelt, die sich umständlich entschuldigte. Als sich Luise wieder umdrehte, war der unscheinbare Mann weg. Mittleres Alter, nicht groß, nicht klein, nicht dick, nicht dünn ...

Sie war nicht der Mensch, den man leicht einschüchterte. Seit die Immobilienpreise explodierten, drängten unmögliche Artisten ins Geschäft. Die EZB druckte mehr Euroscheine, als man zählen konnte, und verschenkte sie mit Negativzinsen. Wer Geld hatte, kaufte Immobilien. Luise dachte an Griechen, die Koffer voller Scheine nach Deutschland schleppten, um hier zu kaufen, weil zu Hause das Finanzamt tatsächlich Steuern einziehen sollte. Für eine Eigentumswohnung in guter Mainzer Lage zahlte man inzwischen 6000 Euro pro Quadratmeter, Tendenz steigend.

„Was für ein Idiot!“, murmelte Luise, und ging weiter zum Leichhof, um endlich ihren Schnaps zu trinken.

„Das auch noch!“, dachte Luise. Mit Entspannung war nichts. Kaum kam der Cognac, da kam auch die asoziale deutsche Ein-Kind-Familie. Anfangs waren es nur Oma, Mutter und Enkelin. Zuerst wurde der Protzkinderwagen so in den Weg gestellt, dass garantiert keiner mehr daran vorbei kam. Dann mussten mehrere Gäste aufstehen und den Platz wechseln. Die Familie Umständlich-Oberkompliziert stellte nämlich Tische um, und richtete den Sonnenschirm neu aus, „um das Kind vor der Ozonstrahlung zu schützen“. Anschließend quälten sie die Kellnerin mit wahnsinnigen Bestellungen.

„Den Lattemacciato mit ovolactosefreier und fettarmer Milch!“

„Von welchem Biobauernhof ist das Gemüse für die vegetarische Lasagne?“

„Die Spaghetti Bolognese für Zoe-Geraldine bitte aus Vollkornnudeln! Und warum haben sie keine ...“

Inzwischen wurde mit dem Smartphone der ganzen Welt die sauwichtige Botschaft verkündet, dass man beim Italiener am Leichhof säße. Von Whatsup alarmiert, kam noch eine oberschlaue Akademikermutti mit plärrendem Kind im Schlepptau, weshalb die kleine Zoe-Geraldine auch anfing, zu plärren.

Für die Neuankömmlinge mussten erneut Tische umgestellt werden. Als die neue Tischordnung endlich hergestellt war, wurde die Kellnerin abermals terrorisiert. Diesmal mit endlosen Fragelisten über „gesundheitsschädigende Zusatzstoffe“ im Salat, „aber bitte ohne Schinkenstreifen“. Bohrende Nachforschungen über die Herkunft des Olivenöls durften auch nicht fehlen.

Während die beiden Kinder am Essen herumnölten, plärrten und kreischten, unterhielten sich die Mütter über mangelhafte Hochbegabtenförderung im Kindergarten.

„Ich werde einklagen, dass Zoe-Geraldine in die Hochbegabtenfrühfördergruppe kommt!“, sagte ihre Mutter, weil sie Jura studiert hatte.

„Armes Deutschland“, zischte Luise, als sie sah, dass das hochbegabte Kind wie ein Schwein frass, und bestellte noch einen Schnaps zur Zigarette. Hochbegabung war eine schlimme Kinderkrankheit, die sich wie eine Seuche über die Republik verbreitete, wobei der Infektionsherd in den Hirnen der Eltern saß.

Weil die Oma auch etwas sagen wollte, versuchte sie dummdreist, Luise das Rauchen im Freien zu verbieten. „Müssen Sie unbedingt direkt neben den Kindern ...!“

„Sie können mich am Hobel blasen!“, sagte Luise. „Bringen Sie ihren Rotzlöffeln bei, wie man ordentlich isst, anstatt erwachsene Leute zu bevormunden!“

Da drohte die Juristenmutti mit einer Klage wegen Beleidigung. Luise drohte mit einer Backpfeife. Deshalb wollte die Juristin die Polizei rufen. Da griff der Wirt ein und erteilte den Wahnsinnigen Hausverbot. Alle Gäste klatschten Beifall, als die Nervensägen verschwanden.

„Danke“, sagte Luise zum Chef.

„Kein Problem, Signora Neumann.“

Beim Rückzug machte die Juristin heimlich mit ihrem Smartphone ein Foto von Luise. Ein paar Stunden später brach ihr gesamter E-Mail-Verkehr zusammen. Massenweise erhielt sie anonyme Drohungen und Beleidigungen. Das Foto der rauchenden und trinkenden Neumann stand auf der Internetplattform „Kinderfeindliches Deutschland: Eltern wehren sich.“

Luise zahlte und ging in die Kanzlei vom „Ölprinz“. Sie hatte ein Hühnchen mit dem Anwalt zu rupfen, weil der diesen bescheuerten Psychologen empfohlen hatte.

„Dem zieh ich die Ohren lang“, murmelte Luise.

Die Mafia: Der Psychologe, der Berater, der TÜF .

„Warum hast du mich zu diesem Arschloch von Psychologen geschickt?“, fragte Luise verwurfsvoll.

„Weil ich alle meine Verkehrsstraftäter zu diesem Kaktus schicke“, erklärte der Ölprinz. „Der Gang zum Verkehrspsychologen Kaktus ist der sicherste Weg, um den Führerschein zu behalten.“

„Quatsch!“, widersprach Luise ihrem Anwalt in allerschönstem Platt: „Wenn der Idiot es Maul uff macht, geht mir es Messer im Sack uff!“.

„Das glaube ich gern“, lachte der Ölprinz und fummelte an dem dünnen geölten Zöpfchen herum, dem er seinen Spitznamen verdankte. „Du musst halt Reue, Demut und Unterwerfung heucheln. Dann schreibt der großartige Verkehrspsychologe Kaktus eine positive Bescheinigung, und du behältst deinen Führerschein.“

„Kaktus ist ein widerlicher, verlogener, ...“

„ ... erfolgreicher Abzocker, der mit seinem mafiösen MPU-Netzwerk viel Schwarzgeld macht“, vollendete der Anwalt. „Jeder Straßendieb ist zwar ehrlicher, aber der Psychologe Kaktus treibt sein Unwesen ganz legal.“

„Was soll das heißen?“

„Die MPU, die medizinisch-psychologische Untersuchung zur Fahreignungsprüfung ist ein Geschäft mit 300 Millionen Umsatz und Schwarzgeld in unbekannter Höhe. Daran verdienen Behörden, Konzerne, Juristen, Mediziner und Psychologen. Von was sollen denn 188000 deutsche Juristen, 470400 Mediziner und 98000 Psychologen leben? Der Idiotentest finanziert einen Teil der deutschen Akademikerflut. Und der Witz an dem Geschäft ist, dass MPU-Kosten steuerlich nicht absetzbar sind. MPU-Berater, Mediziner und Psychologen stecken sich das Geld deshalb gerne schwarz in die Tasche. Und wenn du aufhörst zu schimpfen, dann erklär ich dir das System Kaktus mit der 100prozentigen Erfolgsquote."

„Mach mal", sagte Luise, steckte sich wütend eine Zigarette an, und schlürfte ihren Cognac.

„Kennst du die berühmte Fahrschule Foretvert in der Hofbahnstraße?"

„Das ist doch die Mainzer Fahrschule, die Führerscheine verkauft hat, weshalb die korrupten Chefs der Mainzer Führerscheinstelle gehen mussten."

„Genau", sagte der Ölprinz. „Diese Fahrschule gehört dem windigen Geschäftspartner von Kaktus, dem MPU-Berater Grabmal. Grabmal hat früher beim TÜF-Hessen gearbeitet. Dort hat er gesehen, wie viel Geld man rund um den Führerschein machen kann. Deshalb wurde er Fahrlehrer, und zwar bei der Fahrschule Foretvert. Als der Führerscheinskandal aufflog, war der Ruf der Fahrschule ruiniert. Grabmal kaufte sie billig und beschaffte sich die Qualifikation als MPU-Berater. Das heißt, man kann bei Grabmal nicht nur den Führerschein erwerben, sondern auch wieder bekommen, wenn der Lappen verloren geht. Er nimmt in der Regel 1300 Euro für so einen idiotischen MPU-Kurs, wobei er drei Monate lang wie ein Prediger Vorträge über den Teufel Alkohol hält."

„Und was hat das mit Kaktus zu tun?"

„Wer einen Idiotentest machen muss, der muss nicht nur einen MPU-Kurs nachweisen, sondern auch verkehrspsychologische Beratung, bevor er zum Idiotentest antritt. Grabmal schickt alle seine MPU-Kandidaten zu Kaktus. Und Kaktus ist nicht irgend ein Psychologe, sondern Gutachterausbilder für den TÜF-Hessen in Wiesbaden, wo die Idiotentests stattfinden."

„Merkste was!", sagte Luise wütend.

„Ein Idiotentest im MPU-Institut vom TÜF, oder beim ADAZE, das ist scheißegal, ist ein Lotteriespiel. Jeder zweite fällt durch, und muss den Test wiederholen. Im Jahr 2013 waren von 94000 MPU-Gutachten genau 47000 negativ. Das ist sogar der Verkehrskommission vom Bundestag negativ aufgefallen. In Wahrheit werden die Gutachter angehalten, diese hohe Durchfallquote einzuhalten, um den Umsatz zu steigern, und ihre Arbeitsplätze zu sichern. Dieser Betrug ist legal, weil das so genannte ‚Ermessen des Gutachters' grenzenlos ist."

„So genau wusste ich das nicht", sagte Luise baff.

„Kaktus und Grabmal haben gute Beziehungen zum TÜF. Ihre Kandidaten fallen nie durch, sondern bestehen alle den Idiotentest. Nur zwei Dinge darf man nicht tun: Erstens darf man dem Herrn MPU-Berater und dem Herrn Psychologen nicht widersprechen. Zweitens darf man niemals Quittungen und Rechnungen für das Geld verlangen, das man den Gaunern in den Rachen schmeißt. Wahrscheinlich geben die beiden Schmarotzer höchstens die Hälfte von dem Geld, das sie einsacken, beim Finanzamt an. Auf offiziellen Bescheinigungen von Psychologen, Beratern und Medizinern steht selten der gezahlte Geldbetrag. Dieser große MPU-Schwindel ist ein Grund, warum es in Deutschland so viel Schwarzgeld gibt. Aber diese MPU-Mafia hat eine starke Lobby."

„Und das dreckige Spiel soll ich mitspielen?"

Ölprinz: „Oder du gibst den Führerschein gleich ab, und heuerst einen Chauffeur an".

„Den Teufel werde ich tun! Hier geht es um's Prinzip!"

Der Anwalt zuckte die Achseln. „Was kann ich sonst noch für meine Premuim-Mandantin tun?"

„Mein vierter Ehemann geht mir schwer auf den Senkel. Wie viel Geld kostet mich eine elegante Scheidung?"

„Was für ein geiler Body!“,

schwärmte Michael. Wie so oft bewunderte er alte Fotos, die er in den Computer eingescannt hatte. „Geiler Body“, wiederholte er, und betrachtete den jungen Wasserskilehrer in kurzen Badehosen mit langen blonden Haaren, links und rechts in den Armen zwei Mädchen, die ihn anhimmelten.

„Für 53 seh ich immer noch saugut aus!“, murmelte er, zog sich aus, und stellte sich vor den Spiegel. Die gebräunte Fratze war glatt, seit ihm Luise eine Augenliedstraffung bezahlt hatte. Die langen Haare waren immer noch blond, weil er farblich etwas nachhalf. Die Geheimratsecken wurden von der Frisur geschickt verdeckt. Gut, der Hals sah aus, wie 53jährige Hälse aussehen; dagegen konnte man wenig tun. Aber der Body war saustark! Und seit der Fettabsaugung sah man sogar beinahe den Waschbrettbauch unter dem Restspeck.

Er schaltete die Beleuchtung vom Gegenspiegel an, und überprüfte seine Rückansicht. „Muss mehr für den Arsch tun“, murmelte er besorgt und zog sich wieder an

Michael Niedermayer, genannt „Meikel“ brachte Opfer für seinen Körper. Täglich zwei Stunden Training. Kaum Schweinefleisch, aber viel vegetarisch, und niemals fett. „Mein Body ist mein Kapital“, sagte er immer. Das sei seine „Lebensphilosophie“, was immer der Unfug bedeuten sollte. Er wusste nicht, was Philosophie heißt.

Seit Meikel denken konnte, interessierte er sich nur für zwei Dinge: Sport und Weiber. Wie so viele Österreicher war er ein guter Abfahrer gewesen, aber es hatte nicht nach oben gereicht. Außerdem war er aus dem Jugend-Kader geflogen, weil er mit der Tochter des Trainers angebandelt hatte. Er wurde Skilehrer. Und Wasserskilehrer. Tennis- und Golfstunden gab er auch.

Was war das für ein Leben! Im Winter arbeitete er als Skilehrer, im Sommer am liebsten als Wasserskitrainer. Schlange hatten die Weiber gestanden vor seinem grellroten Wohnmobil am Wolfgangsee. Und er hatte nie Eintritt gezahlt! Nie. Er kam umsonst in die geilsten und teuersten Discos hinein. Einfach, weil er so gut aussah.

Dann hatte er als Ski-Statist in einem Film mitgespielt. Amerikanische Produktion. Abends an der Bar gab ihm ein Agent seine Visitenkarte. Er verkaufte das Wohnmobil und flog nach Los Angeles. Der Agent war ein Aufschneider. Meikel klapperte Filmstudios ab, bezahlte Probeaufnahmen. Er pumpte Eisen wie ein Blöder und fraß bunte Pillen wie ein Geisteskranker. Er war nah dran! Einmal bekam er eine Rolle als böser Barbar in einem Fantasie-Schwertkampf, weil der Darsteller krank wurde. Wochenlang bezahlte er zur Vorbereitung Fechtunterricht. Aber am Set drückten sie ihm eine Keule in die Hand. Und die Drei-Sekunden-Szene wurde rausgeschnitten. Dann war die Kohle alle. Ein Studiomanager meinte, dass es in Hollywood schon einen gäbe, der schlecht englisch mit starkem österreichischem Akzent spricht. Außerdem sei er kleiner als Schwarzenecker. Ein oberflächliches Volk, diese Amis. Total oberflächlich!

Er flog zurück, und machte wieder den Skilehrer für Steifbeinige, die in edlen Klamotten den Idiotenhügel runterrutschten. Im Sommer zog er wieder Leute hinter sich her, die kaum auf einem Bein stehen konnten, aber Wasserski fahren wollten. Und Golfstunden gab er für Menschen, die mit teuren Eisen Löcher in den Rasen hauten. Es machte ihm keinen Spaß mehr. Deshalb pachtete er in Davos eine Tennishalle. Was für eine Scheiße!

Hallenmiete, Angestellte, Heizkosten, Finanzamt. Er machte bankrott. Schweizer Gerichtsvollzieher jagten ihn bis hoch auf die schwarzen Pisten von Saas Fee.

Und dann kam Luise. Er gab ihr Skistunden. Er war begeistert von ihrem Auftreten, von ihrer Energie. Junge Weiber hatte er genug gehabt, fand er damals. Luise zahlte seine Schulden. Sie heirateten. Aber jetzt war der Lack ab. Warum gab sie ihm nicht das Geld für ein Studio? Im Moment war die Welle! Neun Millionen Deutsche rannten ins Fitnesscenter. Aber er saß hier mit einem Taschengeld in einer ihrer Wohnungen am Winterhafen. Pro Forma war er in ihrer Firma angestellt. Er brauchte Geld, um sein Ding groß aufzuziehen. Sie hatte Geld! Warum gab sie ihm keins? Warum!

Meikel spielte wütend am Computer herum, und sah sich zum hunderttausendsten Mal die Szene an. Seine Szene! Er schwang eine riesige Keule aus Plastik und trug einen Lendenschurz aus Kunstfell. Sonst nix. Seine geölten Muskeln glänzten. Seine schönen blonden Haare flatterten. Er glotzte in Großaufnahme in die Kamera, und stürzte sich brüllend auf den Helden. Der Held duckte sich unter dem Keulenschlag, und stach dem tumben Barbar ein Schwert in den Bauch. Der Barbar glotzte noch einmal blöd in die Kamera, und starb.

„Brutal gut! Weltklasse!“, sagte Meikel und spielte die Szene noch einmal ab. An der Stelle im Film, wo seine langen blonden Haare flatterten, stoppte er, und sprang auf. Er stellte sich dicht vor den Spiegel. Die Geheimratsecken waren schon wieder größer geworden!

Und die Alte weigerte sich, eine Haarverpflanzung zu bezahlen! Sie hatte Geld wie Heu, aber sie bezahlte noch nicht einmal die paar Euro, damit er gut aussah! „Mein Body ist mein Kapital!“, brüllte Meikel den Spiegel an.

„Detektei Napp § Dickmilch. Nachforschungen aller Art. Spezialgebiet eheliche Untreue“,

stand auf dem Schild neben dem Hauseingang. Sie stand unschlüssig davor. Sollte sie, oder sollte sie nicht?

„Meedsche, wen suchste dann?“

Die Schülerin sah hoch. Auf dem Balkon über dem Hauseingang stand eine kleine, dicke, ältere Frau. Anscheinend beobachtete sie von dort, wer alles das Mehrfamilienhaus betrat, oder verlies.

„Ich suche den Privatdetektiv Karl Napp.“

„Was willste dann von dem Hutsimpel?“

„Ich suche einen ...“

„Hoho“, lachte die Frau. „Komm erst emol zu mir! Die Treppe enuff, im erste Schtock links.“

„Gude. Isch bin die Erna“, sagte Erna Napp, und verwöhnte die Besucherin mit Kaffee und Kuchen. Zum Abschied sagte sie: „Wenn's Probleme mit dene Dollbohrer gibt, dann kommste äfach zu mir!“

Dann trampelte sie in den Keller und riss die Bürotür auf. „Kall! In zwää Woche kommt doi Praktikantin! Räum uff! Hier sieht's aus wie im Wutzeschtall!“ Dann knallte sie die Tür wieder zu.

Herbert, Franky und Rudi sahen fragend ihren Chef an. Karl zuckte mit den Achseln.

Hanna ging in die 11. Klasse des ehrwürdigen Schlossgymnasiums, zwischendurch auch Hermann-Göring-Schule genannt. Jetzt hatte sie für ihr Betriebspraktikum einen spannenden Platz. Bei einem Privatdetektiv!

„De Karl Napp hot jetzt ä Praktikandin“, grölte Herbert.

„Wie Bill Clinton!“, lachte Franky und schrieb „Oral Office“ auf die Tür vom Bürro.

„Ich hab's gewusst!",

zischte Kaktus angeekelt. Er sah angewidert auf die Facebookseite der Jagdgesellschaft „Blattschuss". Grinsende Mörder mit Gewehren, zu ihren Füßen erschossene Wildschweine. Mittendrin: Luise Neumann mit geschulterter Knarre, Zigarette im Mund, Schnapsglas in der Hand!

Wie so viele Psychologen, hatte auch Kaktus die merkwürdige „Seelenkunde" in der Hoffnung studiert, seine Macken therapieren zu können. Aber das Studium hatte alles nur verschlimmert. Kaktus war seelisch abnormal. Er litt unter krankhafter Neugier, Kontrollzwang, und einem starken Drang zur überhöhten Selbstdarstellung.

Nach dem Studium hatte er eine Praxis eröffnet, und fiel damit auf die Nase. Es kamen nicht genug freiwillige „Klienten", um sein Geschwätz zu bezahlen. Es gab in Deutschland schon viel zu viele Psychologen. Kaktus kochte vor Wut über die Missachtung seiner bedeutenden Person und seiner wichtigen Arbeit. Diese Verletzung seines „Ich" machte ihn noch wahnsinniger.

Schließlich hatte ihm die Agentur für Arbeit eine Weiterbildung zum „Verkehrspsychologen" bezahlt. Die stehen in der Rangfolge aller Seelenkundler ganz unten. Wie tausende unfähige Psychologen verdiente Kaktus seitdem sein Geld mit dem Idiotentest.

Es ist ein irrsinniges Psycho-Geschäft. In Bezug auf den Führerschein gibt es in Deutschland keine klaren Strafen und Regeln für „Verkehrsstraftäter". Wer zu schnell fährt, oder wegen Drogen und Alkohol auffällig wird, muss beim Psychologen antanzen. Jährlich 100000 Idiotentests bescheren den Psychologen 100000 Zwangskunden, die wie Kühe gemolken werden. „Klient" nennt der Psychologe seinen Kunden.

Delinquent wäre der bessere Name. Der Klient war im alten Rom ein Abhängiger, der nach der Pfeife seines Herrn tanzen musste. 45 Minuten „verkehrspsychologische Zwangsberatung" kostet 80 bis 120 Euro die Stunde, wobei dem finanziellen Missbrauch keine Grenzen gesetzt sind, weil der Psychologe den Inhalt, die Dauer, und den Erfolg der „Behandlung" bestimmt.

Privat war Kaktus eher unscheinbar. Seine aufdringliche Neugier und seine Besserwisserei verhinderten Freundschaften. Soziale Kontakte fand er nur in seinen Nichtraucher- Nichttrinker- und Antifleischinitiativen. Dort hatte er auch seine Frau kennen gelernt.

Deshalb ging Kaktus in seinem Beruf auf. Hier konnte er seine seelische Abartigkeit hemmungslos ausleben. Er genoss es, Menschen zu kontrollieren, zu bevormunden, zu manipulieren, Macht über sie auszuüben. Er konnte im Privatleben seiner Klienten wühlen, in ihren Hirnen herumbohren, sie in irrsinnige, angeblich „wissenschaftliche" Schubladen stecken. Sie mussten ihm widerspruchslos gehorchen, sonst bekamen sie ihren Führerschein nicht mehr. Und er bekam sogar noch Geld dafür.

Aber da er seine „Arbeit" für unterbezahlt hielt, und es als dreiste Frechheit empfand, wenn das Finanzamt dafür Steuern verlangte, machte er Schwarzgeld mit seinen „Beratungsleistungen". Das ging einfach so, weil MPU-Kosten steuerlich nicht absetzbar sind. Klienten, die eine korrekte Rechnung verlangten, bestrafte er mit einer „negativen psychologischen Beurteilung".

Um so empörter war er, wenn sich ein „Klient" erdreistete, ihm zu widersprechen, seine Schwarzgeldmacherei zu kritisieren, oder am allerschlimmsten ...

„Neumann, Du wirst mich sehr ernst nehmen!", sagte er und mobilisierte seine Wahnsinnigen von der NSAEV.

„Dess kenne mir aach!“,

riefen Mainzer Politiker begeistert, als sie den Murks vom Berliner Flughafen lasen. Deshalb bildeten sie ein „Kompetenzteam“, dachten sich einen Irrsinnsbau aus, und machten dafür eine EU-weite Ausschreibung.

Der billigste Anbieter bekam den Auftrag. Als der Bau Monate hinter dem unerfüllbaren Zeitplan herhinkte, und die Kosten aus dem Ruder liefen, wurde Kritik laut. Als das verantwortliche Planungsbüro Konkurs machte, bildeten die Politiker sogar ein „Effizienzteam“.

Das Effizienzteam änderte nichts daran, dass auch das neue Architekturbüro mit überforderten Praktikanten arbeitete, die unter Zeitdruck dauernd Pläne änderten. Auf der Baustelle selbst herrschten Zustände wie beim Turmbau von Babel. Keiner hatte mehr einen Überblick über die unzähligen Subunternehmer, Sub-Sub-Subunternehmer und Scheinselbständigen, die deutsch, polnisch, rumänisch und bulgarisch durcheinander redeten. Ab und zu kam die Bundespolizei und nahm ein paar mit. Dann kamen über Nacht andere. Alle knorzelten vor sich hin, aber keiner hatte den Plan im Sack. Mehrmals wechselten die entnervten Bauleiter. Der halbe Innenausbau wurde wieder heraus gerobbt, weil man irgendwelche idiotischen Brandschutzbestimmungen vergessen hatte.

Da bildeten die Politiker eine „Task-Force“ und beauftragten für viel Geld einen namhaften „Krisenmanager“. Der hatte zwar auch keine Ahnung vom Bau, konnte aber schöne Pressekonferenzen auf der Baustelle geben, bei denen er viel redete, ohne irgend etwas zu sagen. Dabei trug er immer einen schicken weißen Bauhelm zum edlen Anzug. Als der Schaumschläger gefeuert wurde, nahm er eine stattliche Abfindung mit zur nächsten Baustelle.

Inzwischen verdienten auch Juristen gut mit dem Turmbau zu Mainz, weil jeder dem anderen die Schuld zuschieben wollte. Die Opposition war begeistert, die Journalisten hatten Futter, der Bund der Steuerzahler schaltete sich ein, und ...

Jetzt war der erste Prozess. Der junge Staatsanwalt haute auf die große Phrasenpauke, die ältere Richterin tat so, als würde sie die komplizierte Materie verstehen, und der Verteidiger freute sich, weil seine Kasse klingelte. Angeklagt war ein Frankfurter Bauunternehmer, dessen Bagger tief im römischen Untergrund von Mainz versunken waren.

„Sie wollten sich als Investor an dem Projekt beteiligen?“, fragte die Richterin.

„Ja“, sagte die Zeugin Luise Neumann. „Aber ich habe mein Angebot zurückgezogen, weil nur drei Wochen Zeit für eine archäologische Notgrabung eingeplant war. Wer im Geschichtsunterricht nicht geschlafen hat, weiß, dass so etwas in der Mainzer Innenstadt schief gehen kann.“

Luise hatte einfach den Experten Dieter Scholz gefragt. „Meedsche, loss die Finger weg!“, hatte der gewarnt. Dieser gute Tipp hatte ihr viel Geld und Ärger erspart.

Nach der Verhandlung wurde der Frankfurter frech. „Ihr von der Mainzer Handkäsmafia steckt alle unter einer Decke!“, behauptete er.

„Babbel nit so dumm“, lachte sie, und investierte ihre 11,28 € Zeugengeld in einen Kaffee und zwei Cognac.

„Man sieht sich immer zwei Mal!“, brüllte der Frankfurter hinterher. Luise hatte einen Feind mehr.

Und weil Alkohol nicht nur lustig macht, sondern auch die Phantasie anregt, kam sie beim zweiten Cognac auf eine geniale Idee, um Kaktus und Konsorten den großen MPU-Marsch zu blasen.

„Keine Emotionen!“,

warnte Kaktus, bevor er die Fotos zeigte. „Wer sich von Emotionen beherrschen lässt, macht Fehler!“

Angewidert, aber schweigend betrachteten sie die Jagdbilder der fleischfressenden Mörderbande. Luise Neumann war rot umkringelt. Kaktus zählte sachlich ihre Verbrechen auf: gefährliche Alkoholstraftäterin, Kettenraucherin, Tierquälerin, Fleischfresserin, Mörderin. „Die will uns vernichten. Sie spendet viel Geld an den deutschen Jagdverband. Sie finanziert Kampagnen gegen uns. Wir müssen uns wehren. Sie ist ein legitimes Ziel.“

Seine Mitkämpfer nickten. Die meisten hatten Untergewicht und die ungesund blasse Hautfarbe des Veganers infolge Mangelernährung. Mit Kaktus als Anführer waren es sieben Frauen und Männer, die zwei Gemeinsamkeiten hatten: grenzenlose Humorlosigkeit und absolute Unfähigkeit zur Selbstkritik.

In seinem Kampf für die Errichtung des alkoholfreien, und fleischlosen Nichtraucherkalifats Deutschland war Kaktus immer radikaler geworden. Die irrsinnigen Nikotinverbote waren nicht genug! Die ausufernden Alkoholverbote waren nur ein Tropfen auf den heißen Stein! Kampagnen für vegetarische Ernährung waren nur das Alibi einer Fleischfressergesellschaft, die auf Ausbeutung, Folterung und Ermordung von Tieren basierte!

Die offiziellen Gruppen, in denen er mitarbeitete, taten nicht genug. Es war nicht genug, dass sie Wirte anzeigten, die gegen das Rauchverbot verstießen. Es war nicht genug, Winzer als Drogenhändler zu kriminalisieren, und Gaststätten als Brutstätten des Alkoholismus zu bekämpfen. Es war zu wenig, sich bei Straßenfesten auf die Lauer zu legen, um betrunkene Radfahrer bei der

Polizei zu denunzieren. Es reichte auch nicht, mit Anzeigen wegen Lärmbelästigung die Massenbesäufnisse an Weinprobierständen einzudämmen. Es war viel zu wenig, mit Flugblättern und Demonstrationen gegen den Massenmord in Tier-KZ's zu kämpfen.

Deshalb hatte er diesen inneren Zirkel gegründet, der jetzt zum bewaffneten Kampf überging. Alle Kontakte zu Rauchern, Trinkern und Fleischfressern hatten sie radikal abgebrochen. Deshalb hatte ihn auch seine Frau verlassen. Sie hatte sich geweigert, die Kinder zwangsweise vegan zu ernähren, und sie wollte auch weiterhin ihre Eltern besuchen. Seine Schwiegereltern waren fleischfressende Winzer! Ohne Frau und Kinder konnte sich Kaktus noch besser auf seine Mission konzentrieren. „NSAEV“ nannte er die Gruppe: „No Smoke! No Alk! Eat Veggy!“, sollte das heißen.

Kaktus: „Michael und Petra! Ihr beschattet die Neumann und kundschaftet ihre Lebensgewohnheiten aus“.

Beide nickten entschlossen. Michael sah aus wie der Gevatter Tod. Er hatte eine Figur wie der Sensenmann. 1,90 groß und mager wie ein Nagel. An seiner linken Hand fehlten drei Finger, seit er versucht hatte, mit der Motorsäge einen Jägersitz zu zerstören.

Petra war 1,60 Meter klein und mopsig. Sie hatte eine gebrochene Nase, seit sie versucht hatte, den Pelzkragen einer Frau mit roter Farbe zu besprühen. Die Pelzträgerin war Boxerin. Im Kampf für eine bessere Welt musste man Opfer bringen. Deshalb ließ Petra ihre Nase auch nicht richten. Die schiefe Nase war ihr Orden.

„Und dann machen wir weitergehende Aktionen!“, entschied Kaktus. Mit „wir“ meinte er seine Kämpfer. Er selbst delegierte lieber aus dem Hintergrund.

Aber da bekam er einen Anruf.

„Ich habe gründlich nachgedacht“,

säuselte sie ins Telefon. „Bei unserer ersten Sitzung habe ich falsch reagiert, weil ich geschäftlich sehr eingespannt bin und familiäre Probleme habe. Die hängen wahrscheinlich mit meiner Trinkerei zusammen. Wenn Sie trotzdem mit mir noch einen Termin vereinbaren wollen, dann bringe ich das Geld bar mit. Wahrscheinlich sind mehrere Sitzungen nötig. Ich benötige professionelle Hilfe, damit ich mir Klarheit über meine persönlichen Probleme verschaffen kann.“

Als Kaktus die Worte „Geld“ und „bar“ und „mehrere Sitzungen“ hörte, vereinbarte er sofort einen Termin. „Viele Klienten“, sagte er verständnisvoll, „reagieren im ersten Moment abweisend, wenn sie vom Psychologen mit der Wahrheit konfrontiert werden.“

„Die Wahrheit ist“, sagte Luise, „dass ich ziemlich viel Geld habe, und über gute Beziehungen zu den Finanzämtern in Mainz und Wiesbaden verfüge, weil ich im Gegensatz zu Ihnen meine Einnahmen korrekt versteuere. Ich kann zum Beispiel einen Privatdetektiv bezahlen, der Kunden von Ihnen und ihrem Geschäftspartner Grabmal ausfindig macht. Ich kann Sie und ihren Geschäftspartner beim Finanzamt wegen Steuerhinterziehung anzeigen. Ich kann es aber auch bleiben lassen.“

„Wollen Sie mir drohen?“, fragte Kaktus nervös.

„Stellen Sie mir eine positive Bescheinigung aus. Wenn ich den Führerschein behalte, werde ich nichts gegen Sie unternehmen. Das Geld dafür haben Sie ja schon bekommen“, sagte Luise Neumann, stand auf und ging.

Das ungesund blasse Gesicht des Verkehrspsychologen Kaktus wurde noch blasser. Er musste jetzt dringend zu seinem Geschäftspartner Grabmal rennen. Sofort!

„Da war der Teufel Alkohol wieder stärker als du“,

predigte der berühmte MPU-Berater J. Grabmal laut. In diesem salbungsvollen Ton sabbelte er zwei Stunden lang einen verlogenen Scheißdreck, dass die Scheiben seiner Fahrschule in der Hofbahnstraße beschlugen.

Vor ihm saßen sieben Männer und Frauen, denen der Durst aus den Augen sprang. Aber sie mussten dieses Geschwätz widerspruchslos ertragen und bezahlen, um ihren Führerschein wieder bekommen. Sie bekamen ihn, wenn sie keine Rechnung für die 1300 Euro verlangten.

Johannes Grabmal, „der Mainzer MPU-Berater mit der 100prozentigen Erfolgsquote“ hörte sich gerne und oft reden. Er trank auch gerne und oft, weshalb er einen dicken roten Kopf hatte. Aber er konnte gut rechnen. Deshalb kostete schon das „Vorgespräch“ für einen MPU-Kurs 100 Euro; natürlich auch schwarz.

Grabmal beendete seine Predigt mit den Worten „heute haben wir wieder gut gearbeitet“. Seine „Schüler“ wie er sie nannte, trollten sich bis zur nächsten Gehirnwäsche, nächste Woche um die gleiche Zeit.

An ihnen vorbei stürmte der abgehetzte Kaktus die Treppe hoch. Atemlos erzählte er von Luise Neumann: „Die will uns das Finanzamt auf den Hals hetzen!“

Grabmals roter Kopf wurde knallrot. Entsetzt versuchte er hochzurechnen, wie viele Steuern er in den letzten 18 Jahren nicht gezahlt hatte. So lange trieb er schon als MPU-Berater sein Unwesen.

„Die will uns vernichten!“, sagte Kaktus und skizzierte einen wahnsinnigen Plan.

„Damit will ich nix zu tun haben“, erschrak Grabmal.

„Ich auch nicht“, zischte Kaktus. „Nicht offiziell.“ Und dann rannte er weiter zu dem geldgierigen MPU-Arzt.

„Spinnst Du?“,

fragte der Arzt empört. „Warum soll ich einer Frau, die ich nicht kenne, umsonst sechs Monate Alkoholabstinenz bescheinigen? Da gehen mir 600 Euro flöten, die ich steuerfrei in den weißen Kittel stecken kann!“

„Weil diese Neumann Geld und Beziehungen hat. Die will uns beim Finanzamt anzeigen!“, erklärte Kaktus.

„Scheiße!“, sagte der Arzt. „Gib mir ihre Adresse, damit ich sofort die Unterlagen fertig machen kann.“

Der Arzt in der Mainzer Kaiser-Walli-Straße war der Spitzenreiter aller medizinischen MPU-Gauner. Er verlangte 300 Euro für eine popelige Haarprobe, um drei Monate rückwirkend Alkohol- oder Drogenkonsum festzustellen. Das Geld schnappte er sich, um eine Haarsträhne abzuschneiden, und in eines dieser medizinischen Labore zu schicken, die wie Giftpilze aus Deutschlands Boden schossen. Die Sucht- und Verkehrsmedizin war ein Milliardengeschäft. Ähnlich wie mit dem bösen Fleischwurstbrötchen bei der berühmten Cholesterinlüge, behaupteten Ärzte, dass es gesundheitsschädlich sei, mehr als ein Glas Wein pro Tag zu trinken. Das war zwar medizinisch unbewiesen, spielte aber keine Rolle. Die deutsche Ärzteschwemme hatte sich zum Tsunami entwickelt. Wovon sollten 470400 Mediziner leben? Sie lebten davon, eine Flasche Bier zum dreifachen Gesundheits- Sucht- und Sicherheitsrisiko hochzujazzen.

Der Arzt bestätigte mit Stempel und Unterschrift die Papiere. „600 Euro verschenkt!“, maulte der Doktor.

Zum Vergleich: Ein Allgemeinarzt bekam ganze 14,90 Euro, wenn er zwecks Krebsvorsorge im Hintern von Kassenpatienten herum bohrte. Und die 14,90 Euro musste der Bohrer auch noch versteuern.

Hornbach. Es gibt immer was zu tun.

„Frängii!“, brüllte Erna. „Mir misse oikaafe!“

Es war wie so oft. Morgens sollte Hausmeister Karl Napp den klemmenden Rolladen im dritten Stock links richten. Hinterher war der Rolladen kaputter als vorher. Dann eine halbe Stunde lang: „kreisch, brüll, tob, plärr“.

„Den Dollbohrer kannste nix heiße!“, fluchte Erna.

„In welcher Reihenfolge?“, seufzte Franky.

„Kaffeemann, Frankebach, Hornbach, Narhallamarsch!“

Also fuhr er zuerst nach Kastel zur Kaffeerösterei am Babbeleck. Erna babbelte eine halbe Stunde lang. Dann fragte sie: „Was fer'n Kaffee hoste im Angebot?“.

„Guatemala“, sagte der Kaffeeröster.

„Isch nemm lieber den aus Groß-Gerau. Mit dem Zertifikat von der südhessische Kaffeebauernkooperive.“

„Was macht dann de Karl?“

„Der Hutsimpel iss grad uff Fortbildung“, erklärte Erna.

„Karl? Auf Fortbildung? Bei wem?“

„Bei mir! Dem bring isch jetzt bei, wie mer de Garde in die Reih schafft!“

Mit Bauer Frankenbach erzählte Erna lange, bevor sie sagte: „Babbel nit so viel! Mach den Schtumpe aus! Kardoffele, Salat, Doseworscht, Eier! Hopp, hopp, hopp! Geb Gas! Isch hab wenisch Zeit heit.“

Dann terrorisierte sie alle Verkäufer im Hornbach, kaufte babbelnd Wein bei Winzer Schilling, babbelte kaufend eine Kiste bei Bott und spendierte Flammkuchen bei Scheerbaum, wobei sie mit Riccarda babbelte.

Wieder zurück, hielt sie die Ersatzteile vorwurfsvoll unter Karls Nase. „Weil du Hutsimpel den Rollade kabutt gemacht host, muß isch Depp von Ponsius bis Piladus renne! Schtun-de-lang!“

„Hier ist kein Parkplatz!“,

meckerte ein Passant am Graben, als sie den Wagen im absoluten Halteverbot parkte.

„Isch park do schon länger, als Du uff de Welt bist!“, sagte Luise, stieg aus, und schulterte die Spezialtragetasche mit dem Jagdgewehr.

Als der Passant das Gewehr und die Doggen sah, ging er ohne weitere Diskussionen weiter. Sie schloss nicht ab, weil Caligula den Jaguar bewachte. Er saß auf dem Beifahrersitz, und sah seiner Herrin treudoof hinterher. Auf der Rückbank saß Nero. Der guckte treudoofer.

„Das ist so widerlich!“, sagte der Sensenmann zu Petra. „Hält sich große Hunde als Spielzeuge, und schleppt sie in diesem scheiß Auto überall mit sich herum!“

Petra nickte ernst. Sie mussten ihre Hassgefühle unter Kontrolle halten, um unauffällig zu bleiben. Das war nicht ganz einfach. Beide trugen T-Shirts mit der Aufschrift: „Stoppt Rassismus!“ in grellen Farben. Darunter sah man das durch gestrichene Logo der Mainzer Firma Ernst Neger.

„Sie fährt einen Jaguar!“, sagte Petra vorwurfsvoll. Die beiden Umweltaktivisten waren fanatische Autogegner. Aber seit drei Tagen fuhren sie einen Leihwagen, um Luise Neumann zu beschatten. Sie fuhren auch sonst viel Auto. Von Pontius zu Kundgebungen, bis nach Pilatus um vegane Lebensmittel zu kaufen. Sie wären nie auf die Idee gekommen, einen Garten zu pachten, um ihr Gemüse selbst anzubauen. Dazu hatten sie auch keine Zeit. Ihr Kampf für die Errichtung des fleischlosen und alkoholfreien Nichtraucherkalifats war wichtiger.

„Ich würde ihr am liebsten in die Fresse hauen!“, sagte Petra. Empört beobachteten die beiden fanatischen Nichtraucher, wie Luise im Kiosk verschwand, und mit drei Päckchen Zigaretten wieder heraus kam. Besonders empört waren die beiden Tierschützer darüber, dass sie sogar im Auto rauchte, wenn ihre Hunde dabei waren. Das hatten sie gesehen. Ganz deutlich! Nach ein paar Metern in der Augustinergasse stoppte sie schon wieder.

„Ekelhaft!“, sagte der Sensenmann, als sie in der Metzgerei Ebling verschwand. Dass es Geschäfte gab, die legal Tierfleisch verkauften, machte empört, betroffen und wütend. So wütend, wie die Tatsache, dass es immer noch Menschen gab, die Tierfleisch fraßen.

„Sie stinken!“, zischte Petra mit Blick auf Luise, die heraus kam, und hungrig in ihr Fleischkäsebrötchen biss.

„Die Fleischfresser stinken nach Tod!“, stimmte der Sensenmann zu. Seine Augen lagen in tiefen Höhlen, und die Schädelknochen zeichneten sich deutlich unter der dünnen Gesichtshaut ab.

Angewidert wechselten sie die Straßenseite, und hielten gehörigen Sicherheitsabstand. Erstens, um keinen Verdacht zu erregen, zweitens, um keinen Lungenkrebs wegen Passivrauchen zu bekommen.

Kaum hatte sie ihr Brötchen gefressen, steckte sich Luise eine Zigarette in den Mund, und ging weiter. Die Kippe warf sie auf das Kopfsteinpflaster.

„Diese Umweltsau!“, sagte der Exraucher Sensenmann. Er hielt es für vorsätzlichen Mord, dass Agrarflächen für Tabakanbau verschwendet wurden, anstatt für Lebensmittel. Wegen diesen Rauchern verhungerten Menschen.

„Und die scheiß Rassisten sind auch da!“, zischte Petra wütend. Sie zeigte nach links auf einen blauen Handwerkerbus, der in der Kartäuserstraße parkte. „Spenglermeister Ernst Neger“ stand auf dem Bus.

„Frauenfeindliches Klerikalfaschistenpack!“, sagte Petra, als sie an der Augustinerkirche vorbeikamen. Sie hasste die Kirche. Überhaupt war der Gang durch diese Straße die Höchststrafe. Überall Rassisten, Katholiken, Raucher, Trinker, Fleischfresser ...

„Die Kapitalistin frisst natürlich Luxusschokolade!“, empörte sich Petra, weil sie aus dem Laden gegenüber der Johanneskirche mit einem Päckchen „Ragusa“ heraus kam. Aber dann wurde es noch schlimmer.

„Mörderin!“, zischte der Sensenmann, als Luise im Laden von Waffen-Bassing verschwand. Hier gab es sogar ein Geschäft, das legal Mordinstrumente für Tiertöter verkaufte! Seit er die Gewehrtasche gesehen hatte, zuckte seine linke Hand. Es waren die Phantomschmerzen der drei Finger, die er verloren hatte, als er den Jägersitz zerstören wollte, aber diese scheiß Motorsäge ...

„Ich könnte die alle umbringen!“, fluchte die fanatische Jagdgegnerin Petra. Damit meinte sie alle Jäger dieser Welt und alle Besitzer von Jagdgeschäften, alle Raucher, alle Metzger, alle Fleischfresser, alle Mainzer Neger ...

Wenn Luise Neumann gewusst hätte, dass sie von den beiden schrägen Vögeln beschattet wurde, hätte sie sicher noch einen Pelz gekauft. Aber sie trug keine Pelze. Vor allem nicht im warmen Mai. Also gab sie nur ihr Jagdgewehr ab, um das Zielfernrohr neu zu justieren. Dann lief sie zurück zum Auto. Aber vorher trank sie noch beim „Gaumenschmaus“ einen Kaffee mit zwei Cognac, rauchte drei Zigaretten und kaufte vier Flaschen Wein.

„Die ist alkoholsüchtig!“, sagte die Extrinkerin Petra. Der Sensenmann nickte. Luise Neumann trank, rauchte, quälte ihre Hunde, fraß Fleisch und tötete Tiere. Kaktus hatte absolut recht. Diese Frau war gemeingefährlich.

Das fanden drei ältere Herren auch.

Der Jammerlappenstammtisch

traf sich jeden Donnerstag. Und wie immer lästerten die Anwesenden über den, der noch nicht da war.

„Wo bleibt denn Lord Sinclair?“, fragte Hans gehässig.

„Der sucht noch das passende Halstuch zum Anzug“, lachte Willi in seinem kackbraunen Aufzug.

Aber da kam er schon, der Lord, wie immer in edles Tuch gekleidet. Heute trug er ein besonders schickes Seidenhalsstuch zu seinem britischen Anzug, was seinem Spitznamen alle Ehre machte. Franz-Eberhard, Edler von Worstig, so sein richtiger Name, war angeblich von echtem Adel, auf jeden Fall benahm sich so.

„Habt ihr schon das Neuste von der Giftschlange gehört?“, fragte Lord Sinclair. „Sie macht jetzt ...“

„Die alt Hex!“, sagte Hans, und Willi stimmte keifend wie ein Waschweib zu.

Die drei unterschiedlichen Herren hatten ein gemeinsames Thema: Luise Neumann. Hans, Willi und Franz waren ihre Exehemänner. Seit die drei jeden Donnerstag gemeinsam über sie schimpften, ging es ihnen besser. Alle drei waren auf der Strecke geblieben. Opfer einer Frau, deren Tempo sie nicht mithalten konnten, und vor deren Energie sie kapituliert hatten. Darüber hinaus waren alle drei empört über Ehemann Nummer Vier.

„Wie?“, fragte Hans angewidert, „kann die so eine Luftpumpe von Mann heiraten?!“

„Unter aller Kanone!“, stimmte Willi zu.

„Grauenhaft ordinär!“, sagte Lord Sinclair.

Hans der Bauingenieur war Ehemann Nummer Eins. Weil Luise ihr Privatleben dem Geschäft unterordnete, hatte sie ihn geheiratet und gehofft, dass er in der Firma eine Hilfe sei. Er war keine Hilfe. Geschäftspartner und

Angestellte wollten nur mit der Chefin reden. Hans stand immer wie Hänschen daneben. Ein großer Junge, der beleidigt war, weil ihn niemand ernst nahm.

„Ohne mich", sagte Hans trotzig, „wäre die nie so erfolgreich geworden. Ich hab ihr beigebracht, wie man richtig kalkuliert und plant! Ausgepresst wie eine Zitrone hat die mich, und dann weggeworfen!"

„Genau", stimmte Willi der Steuerberater, und Exmann Nummer Zwei zu: „Vor mir hat die überhaupt nicht gewusst, wie man Steuern spart! Und dann, als sie's gelernt hatte, hat sie mich kalt abserviert! Eiskalt!", wiederholte er, und bestellte noch ein kaltes Bier.

Willi der Steuerberater war zwar geschäftlich nützlich gewesen, aber als Ehemann ein solches Trockenbrötchen, dass ihn Luise bald in die Wüste geschickt hatte.

„Bevor sie mich kennen lernte", sagte Lord Sinclair elegant-verbittert, „konnte Luise ihr Schnitzel kaum mit Messer und Gabel essen. Sie ist halt eine Maurertochter. Ohne mich wüsste die heute noch nicht, welchen Wein man zu welchem Essen trinkt!"

Ehemann Nummer drei war der größte Reinfall. Ihre Mainzer Freunde Brezelmüller und Fleischworschttoni hatten sich schepp gelacht über den adeligen Grüßaugust. Nach der Scheidung von ihm hatte Luise wieder ihren Mädchennamen angenommen.

„Sie hat unser Leben zerstört!", sagte Hans verbittert. „Und mit diesem langhaarigen Bergaffen macht sie uns zum Gespött von ganz Mainz!"

„Wir müssen endlich etwas tun, statt nur zu reden!"
„Die Beißzange hat eine Abreibung verdient", entschied Lord Sinclair und vergaß dabei seine feinen Manieren. Die Männerselbsthilfegruppe beschloss, in die Offensive zu gehen.

„Ihr drei kleinen Scheißer!“, murmelte Luise. Mit einer Mischung aus Genugtuung und Ekel las sie die Bescheinigung des Diplom-Psychologen Kaktus. Nach Psychologenart bestand der Text aus schlechtem Deutsch und vielen Phrasen, die wissenschaftlichen Anspruch vorgaukeln sollten. Da war von „mehreren intensiven Sitzungen“ die Rede, in denen eine „langjährige Alkoholproblematik aufgearbeitet wurde“, und „von tiefer Einsicht in persönliches Fehlverhalten“, ja sogar von einer „nachhaltigen Verhaltensänderung“ und ähnlichem Schwachsinn.

„Du Abzocker!“, murmelte Luise. Kaktus musste panische Angst vor der angedrohten Anzeige wegen Steuerhinterziehung haben. Aber da war er offensichtlich nicht der einzige.

Auch der MPU-Berater Grabmal hatte eine Bescheinigung geschickt. Grabmal schrieb dasselbe Blech, aber mit ungelenken Worten und veredelt mit vielen Rechtschreibfehlern. Glaubte man seinem Geschreibsel, dann hatte Luise sogar freiwillig und erfolgreich einen drei Monate langen MPU-Vorbereitungskurs belegt.

Um den Bock fett zu machen, lag die Bescheinigung eines Mainzer MPU-Arztes aus der Kaiser-Walli-Straße dabei; in Form zweier negativer Haarproben. Laut diesem Unfug hatte Luise seit sechs Monaten keinen Tropfen Alkohol getrunken.

„Der Arzt gehört also auch zu dieser MPU-Bande“, murmelte Luise, und öffnete eine Flasche Wein. Es war widerlich, dass es Menschen gab, die mit so einem Scheißdreck ihren Lebensunterhalt ergaunerten. Ein MPU-Delinquent hätte für die drei Bescheinigungen weit über 2000 Euro bezahlen müssen.

Es war unglaublich. Das deutsche Finanzamt zählte jede einzelne Wurst, die in einem Imbiss verkauft wurde. Aber der Gesetzgeber duldete, dass sich tausende MPU-Berater, Psychologen und Ärzte steuerfrei die Taschen mit diesem Schwindel vollmachten.

„Ihr Schmarotzer!“, fluchte Luise. Es war die Perversion einer Dienstleistungsgesellschaft, dass Millionen Menschen in Deutschland von solchem und ähnlichem Unfug lebten. Von der Erfindung irrsinniger Verordnungen, wahnsinniger Gesetze und blödsinniger Verbote. Von der Erfindung hirnrissiger Zertifikate und Qualifikationen, von schwachsinnigen EU-Normen, Sicherheits- Hygiene- und Umweltschutzauflagen, Brandschutzbestimmungen, Energiespargesetzen und ...

Luise hörte auf, weiter darüber nachzudenken, um sich nicht in Rage zu steigern. Wenn sie diese drei idiotischen Bescheinigungen der Führerscheinstelle vorlegte, würde sie ihren Lappen behalten. Aber je mehr Wein sie trank, desto besser gefiel ihr die Vorstellung, diesen Gaunern noch etwas mehr Angst einzujagen. Sie schrieb kichernd einen Brief und warf ihn noch in derselben Nacht beim Gassi gehen mit den Hunden in den Briefkasten.

„Sehr geehrter Herr Diplom-Psychologe Kaktus.
Ich danke Ihnen für die Bescheinigung, ebenso dem Herrn Grabmal und dem Arzt. Allerdings bin ich der Meinung, dass Steuerbetrug kein Kavaliersdelikt ist. Mein Tipp: Mit einer Selbstanzeige können sie Strafminderung erreichen. Sie haben vier Wochen Zeit. Ansonsten leite ich die angekündigten Schritte ein.
Mit freundlichen Grüßen, L. Neumann.“

„Die kacke sisch jetzt vor Angst in die Hose“, kicherte Luise und trank noch einen. Und ahnte nicht, in was für ein tödliches MPU-Wespennest sie gestochen hatte.

„Hier musste unnerschreibe!“,

sagte Erna, und zeigte auf den Mietvertrag, aber die Mutter babbelte weiter wie ein Wasserfall. Pausenlos erzählte sie von ihrem „Kind“.

Das Kind hieß Thomas, war 19 Jahre alt, und sollte an der Mainzer Uni studieren. Seit Urzeiten vermietete Erna die beiden Dachwohnungen an Studenten. Früher hatten die sich noch selbst um ihr WG-Zimmer und den Umzug gekümmert. Heute machte das alles Mama. Mama meldete den Bub an der Uni an, Mama mietete die Wohnung, Mama dirigierte die Möbelpacker, Mama ...

Es gab sogar Eltern, die sich mit den Kindern in den Bus setzten, um ihnen den Weg zur Uni zu zeigen. Angeblich gab es sogar welche, die mit in die Vorlesung gingen, oder gar den Dozenten verklagten, wenn die Hausarbeit schlecht benotet wurde und ...

„Hier musste unnerschreibe!“, wiederholte Erna ungerührt, und tippte mit dem Finger auf den Mietvertrag.

„Thomas, du musst jetzt unterschreiben“, sagte Mama.

„Wo?“, fragte Thomas.

„Do!“, sagte Erna, und zeigte ganz genau auf die Stelle.

„Uff“, stöhnte sie, als Mutti und Bub verschwanden, um gemeinsam Möbel zu kaufen. Erna hätte sich nicht gewundert, wenn das Kind noch nicht schreiben gekonnt hätte. Für eine Frau, die mit 14 Jahren angefangen hatte als Verkäuferin zu arbeiten, waren solche Studentenmuttis und ihre volljährigen Kinder schwer zu ertragen. Andere Zeitgenossen aber auch.

„Kall! Biste jetzt endlisch ferdisch? Mir misse jetzt in de Garde!“

„Viel Schpaß!“, rief Herbert. Er blieb im Detektivbüro und schob Telefondienst neben dem Fax ohne Papier.

„Heute haben wir gut gearbeitet“,

lobte sich der Mainzer MPU-Berater Grabmal, und entließ seine „Schüler“ bis zur nächsten Woche. Einer musste aber nachsitzen. Grabmal hielt die Hand auf, kassierte 100 Euro schwarz, und gab ihm „Einzelunterricht zur Vorbereitung auf die MPU“. Er simulierte mit ihm ein psychologisches Gutachtergespräch.

„Ei, isch weiß aach nit, warum isch damals vollgesoffe mit em Audo ...“

Bei Peters Antworten wurde sofort klar, warum der Kerl schon zwei Mal durch den Idiotentest gefallen war. Er wurde nervös, fing an zu stottern, und ließ sich in Widersprüche verwickeln, wo es keine gab. Er würde auch einen Mord gestehen, den er nicht begangen hatte. Ein ideales Opfer für die MPU-Mafia.

Bis jetzt hatte er gezahlt: 1600 Euro Geldstrafe für eine „Trunkenheitsfahrt ohne Folgen“. 1000 Euro für seinen unfähigen Anwalt. 600 Euro an die „Fahrerlaubnisbehörde“. Über 3000 Euro für zwei MPU-Berater und zwei Psychologen. 1800 Euro für Haaranalysen zwecks Nachweis der „Alkoholabstinenz“ bei dem geldgierigen Arzt in der Kaiser-Walli-Straße. Zwei Mal 420 Euro für zwei negative Idiotentests. Alles umsonst.

„Jetzt nemm doin Grips zusamme!“, forderte der MPU-Berater Grabmal, und dachte an das kühle Bier, das er nachher trinken würde.

„Ei, isch ...“, stotterte Peter.

Jetzt war er bei Grabmal und Kaktus gelandet, die ihn fröhlich weiter melkten. Wie eine Kuh. 1300 Euro für den MPU-Kurs und 600 Euro für „Einzelunterricht“ an Grabmal. 540 Euro „verkehrspsychologische Beratung“ an Kaktus. Zwischendurch musste er weitere Haarproben bei dem Arzt bezahlen, wofür der auch keine Steuern zahlte. Und abermals 180 Euro Gebühren an die Fahrerlaubnisbehörde. Dann antreten zum dritten Idiotentest, wieder für 420 Euro. Diesmal beim TÜF-Hessen in Wiesbaden. Diesen Idiotentest würde Peter todsicher bestehen. Grabmal und Kaktus sorgten dafür. Aber das musste man dem Idiot ja nicht vorher sagen.

„So, dess langt fer heut", entschied Grabmal.

„Meenste, dass isch diesmal beim Idiodetest en positives Gutachte bekomm?", fragte Peter unsicher.

„Du brauchst noch vier Schtunde Einzelunterricht bei mir, und drei, vier Schtunde psychologische Extraberatung beim Kaktus. Dann biste so weit. Tschüs!"

Als Peter mit hängenden Schultern davon schlich, stürmte Kaktus die Treppe zur Fahrschule in der Bahnhofstraße hoch. Er war außer sich vor nachhaltiger Empörung, Wut und Betroffenheit.

„Die Neumann will uns trotzdem beim Finanzamt anzeigen!", tobte er.

„Aber die hat doch jetzt alle Bescheinigungen?", fragte Grabmal wmpört. „Von mir, von dir, vom Arzt."

„Lies das!"

Grabmals dicker roter Kopf wurde noch roter, als er den Brief las, den die Neumann an Kaktus geschrieben hatte.

„Was will dann die dumm Sau von uns?"

„Uns verrichten!", sagte Kaktus, und dabei flackerte der Irrsinn aus seinen wahnsinnigen Augen. „Aber das werde ich verhindern! Mit allen Mitteln."

„Was willst du mache?"

„Ich werde ..."

Grabmals dicker roter Kopf wurde jetzt knallrot, und seine Halsschlagader war kurz davor zu platzen. „Heut abend besauf isch misch!", nahm er sich fest vor.

„Die Oma kimmt aach mit!“,

befahl Erna, und meinte damit ihre Schwiegermutter Anne Marie Napp, genannt „Annemie“.

„Muss dess soi?“, fragte Karl auf der Rückbank.

Gehorsam stieg Franky aus dem Fahrersitz, um Uroma Napp in den Wagen zu helfen. Sie wohnte altersgerecht im Erdgeschoss, und zuckelte mit dem Rollator heraus.

„Kann isch alläă!“, meckerte sie, und bewegte sich in Superzeitlupe auf das Auto zu. Bis sie auf dem Beifahrersitz saß, verging eine Ewigkeit.

„Au“, sagte Karl, als Erna Uromas Sitz ganz nach hinten zog, und dabei Karls verletzten Fuß einklemmte.

Franky verstaute den Rollator im Kofferraum zwischen Setzlingen, Samen und Gartenwerkzeug.

„Hoste doi Hörgerät?“, fragte Karl von hinten.

„Was will der Dollbohrer von mir?“, fragte Annemie.

Damit war klar, dass Annemie ihr Hörgerät wieder vergessen hatte. Sie schlug mit dem Krückstock auf's Lenkrad, und fragte: „Uff was wartste dann?“

Franky seufzte, startete den Wagen und fuhr los. Das Ziel: die Gartenanlage „Rollerad“ am Ebersheimer Weg.

Der Auftrag: „De Garde in die Reih schaffe.“

Die Kunst an der Sache war: „Die Nerve zu behalte.“

Erna Napp war 66 Jahre alt, und kommandierte wie ein Feldwebel. Karl war 70 und stellte sich dran wie „ä Fut beim Heu robbe“. Annemie war 89, und nannte ihren Sohn nur „de Dollbohrer“.

Franky musste das alles ertragen, weil ihm Erna immer Vorschuss gab. Außerdem hatte er einen Führerschein. Karl hatte schon seit Jahren keinen mehr.

„Nur die Harte komme in de Garte“, sagte Karl.

„Was hot der Dollbohrer gesaacht?“, fragte Annemie.

„Guten Tag“,

grüßte der Mann mit dem Werkzeugkoffer und dem Monteursanzug im Vorbeigehen.

„Guude“, brummelte der Hausmeister achtlos.

Die Monteur war kein Monteur, und die Sicherheitsvorkehrungen waren leicht zu überwinden, weil es keine gab. Niemand schöpfte Verdacht, als sich der Mann am Schaltkasten vom Fahrstuhl zu schaffen machte. Warum auch? Laut der neusten hirnrissigen EU-Vorschrift waren in allen Firmen alle 24 Monate alle elektrischen Geräte zu überprüfen. Fahrstühle vielleicht auch öfter.

Es störte auch nicht, dass der Fahrstuhl zwecks Überprüfung eine Stunde lahm gelegt war. In Luise Neumanns Firma herrschte das ungeschriebene Gesetz, dass nur die Chefin den Fahrstuhl benutzte. Sie war der Meinung, dass Büroarbeiter gefälligst Treppen laufen sollten, um wenigsten ein bisschen Bewegung zu haben. „Das ist gut für's Hirn!“, sagte sie immer.

Sie selbst hielt sich eigentlich auch an diese Regel, hatte sie aber durchbrochen, seit sie zwei Doggen hatte. Bis die schwerfälligen Viecher von der Tiefgarage in den fünften Stock zu ihrer Privatwohnung hoch gelaufen waren verging eine Ewigkeit und war auch nicht gut für die überzüchteten Hundehüftgelenke. Nur deshalb hatte sie vor vier Jahren den Fahrstuhl einbauen lassen. Wegen der Hunde „Nero“ und „Caligula“.

Nach kurzer Zeit war den Fahrstuhl wieder in Betrieb. Niemand hatte versucht, das Ding zu benutzen. Niemand beachtete den Monteur, als er ging. Überwachungskameras gab es auch keine in der Firma Neumann.

„Hier gibt's nix zu klauen!“, sagte die Chefin immer. Erst spatäbends benutzte sie den Fahrstuhl.

„Sascha, schnell! Es geht los!“,

rief Nanni und Sascha kam zum Zaun. Er nahm einen Campingstuhl und ein Bier mit. Es war auch zu schön. Besser als jedes Fernsehprogramm.

„Futtkram!“, plärrte Karl durch die Gartenanlage. Er setzte Erbsen in eine Furche, die Franky unter strenger Aufsicht entlang einer straff gespannten Schnur gezogen hatte. Erna stand hinter Karl, schloss die Furche jeweils mit Erde und sagte „schneller!“.

Uroma Annemie stützte sich daneben auf den Rollator, zeigte mit dem Krückstock auf ihren Sohn, und sagte: „Der Dollbohrer iss zu bleed, um Erbse zu setze!“

„Ggrrmmbl“, brummelte Karl mit wutrotem Kopf, und legte weiter Erbsen in die Furche.

Erna trat ihm von hinten ans Bein, und plärrte: „Nit so weit ausenanner, du Hutsimpel!“

„Hör uff, misch zu schikaniere!“, brüllte Karl.

Franky seufzte genervt und zog die letzte Furche entlang der gespannten Schnur. „Gut so?“, fragte er.

„Geht so“, sagte Erna als allerhöchstes Zeichen der Anerkennung. Als die Erbsen endlich gesetzt waren, entließ sie ihre ungeschickten Gehilfen in Ungnade: „Allää wär's schneller gange!“

Karl ließ die Hacke fallen, und ging mit Franky zur Vereinsgaststätte „Rolle Rad“. Sie setzten sich abseits an einen Tisch, weil sie absolut keine Gartenfachgespräche über Tomaten und Gurken hören wollten, oder gar ...

Sascha kam zu ihnen, spendierte Bier, und sagte grinsend: „Du bist abber schpät, mit deine Hülsefrüschte.“

„Ihr geht mir all uff die Erbs!“, brüllte Karl und ging hoch wie eine Rakete: „Isch geh heit ääner saufe!!“

„Wass hot der Dollbohrer gesaacht?“, fragte Annemie.

hieß „Binger Hansi“, weil er aus Bingen kam. Knurrend ertrug er die letzten Monate „bei de Schmier“. Alle guten Kollegen waren weg. Man hatte sie zwangsversetzt, man hatte sie zwangsweise frühpensioniert, man hatte sie gemobbt, bis sie kapitulierten. Aber bei ihm würden sie das nicht schaffen, weil er ein sturer Bock war.

„Mit mer net!“, stöhnte Hansi. Wie so oft in den letzten Jahren spürte er Magenschmerzen, wenn er zum Dienst nach Mainz fuhr. Wie es ihn ankotzte. Seine jungen Vorgesetzten bombardierten ihn fast wöchentlich mit neuen hirnrissigen Verboten, die er durchsetzen sollte. Radfahren ohne Rückleuchte: 15 Euro Strafgeld. „Wild-pinkeln“: 80 Euro. Laut furzen ...

Noch dazu gab es diese vollidiotischen „Mitarbeiter-gespräche“. Die Chefs warfen ihm vor, dass er nicht genug „Punkte“ mit diesem Unfug machte. Die Stadt wimmelte vor aggressiven ausländischen Jugendlichen, aber Polizisten wurden damit beschäftigt, Rückleuchten an Fahrrädern zu kontrollieren. Fast noch mehr regten ihn Deutsche auf, die nicht mehr miteinander redeten, sondern wegen jedem Unfug die Polizei riefen. Die riefen schon die Polizei, wenn jemand laut furzte!

Hansi stellte den Wagen in der Tiefgarage ab, ging hoch und fühlte einen Stich in der Magengrube, als er auf dem Dienstplan las, mit wem er auf Streife fahren sollte. „Der hot mer grad noch gefehlt!“, maulte Hansi.

Am allermeisten regten ihn seine jungen Kollegen auf. „Der Saurier“, nannten die ihn, weil sie weder seinen Dialekt, noch seinen Humor verstanden. Diese Jung-polizisten waren sogar beleidigt, wenn sie von Mainzern mit „Du“ angesprochen wurden. Aber es hatte keinen

Zweck, ihnen zu erklären, dass alte Meenzer nur Arschlöcher mit „Sie“ anredeten. Kapierten die nicht.

Das Prinzip neumoderner Personalführung bestand darin, Beamte durcheinander zu wirbeln und kreuz und quer zu versetzen. Beamte sollten weder die Bewohner ihres Reviers, noch ihre Kollegen kennen. Kein Polizist sollte dem anderen trauen. So wurde sichergestellt, dass kein Radfahrer ohne Strafzettel davonkam, wenn er keine Rückleuchte hatte, und kein Eckenpinkler ...

„Fahr los!“, sagte Hansi, und beschloss wie immer, sich nicht aufzuregen. Dieser Vorsatz erwies sich aber wie immer schon nach fünf Minuten als undurchführbar.

„Da fährt eine mit dem Rad durch die Fußgängerzone!“, meldete der Korinthenkacker am Steuer.

„Loss se fahre!“, brummelte Hansi. Es war 21 Uhr, die Radlerin fuhr ruhig durch die menschenleere Schusterstraße. Wen sollte das stören?

„Die hat keine Rückleuchte am Rad!“

„Hab isch aach net!“, seufzte Hansi. „Fahr weider!“.

Eine halbe Stunde später gab es schon wieder politischkorrekten Alarm. Der Fahrer stoppte an einer Bushaltestelle: „Da liegt ein völlig Betrunkener!“

„Bleib hocke!“, brummelte Hansi und stieg aus. Der Mann lag auf der Bank an der Haltestelle, roch nach Suff und schnarchte friedlich. Wen sollte das stören?

Der Form halber weckte er ihn trotzdem. Hansi stach ihm mit einer Sicherheitsnadel in den Arsch. Der Betrunkene schreckte hoch.

„Hoste schee ääner gemacht?“, fragte Hansi.

„Isch hab beim Werfelturnier gewonne“, lallte der Mann glückselig. Dann schlief er wieder ein.

„Guud Nacht!“, wünschte Hansi und stieg wieder ein.

„Wir müssen den Notarztwagen rufen!“, behauptete der Kollege besorgt.

„Ganz sischer net!“, sagte Hansi.

„Wenn der aber eine Alkoholvergiftung hat und ...“

„Fahr weider!“, befahl Hansi. Es war Freitag abend und da tranken die Leute halt einen, oder zwei. Er dachte gar nicht daran, wegen jedem Besoffenen den Rettungswagen zu rufen, nur weil Rettungsdienste Geld verdienen mussten, seit es keine billigen Zivis mehr gab. Nicht mit Binger Hansi, der selber gerne einen trank!

„Das ist Sachbeschädigung!“, sagte der Jungpolizist um 21:48 Uhr, als drei bekiffte Mädchen übermütig am Gerüst vom Gutenbergdenkmal herumturnten.

„Loss disch bloß net von de Bolizei verwische!“, rief Hansi aus dem Auto, und schlug seinem Kollegen ins Genick, damit der weiterfuhr.

Um Punkt 22:01 Uhr wurden sie zu einer Kneipe gerufen. Ein Anwohner hatte einen „Höllenlärm“ gemeldet. Den meldete der Denunziant jeden Tag.

„Isch hör nix!“, brüllte Hansi in die Kneipe, grüßte grinsend den Wirt und setzte sich wieder ins Auto.

„Da pinkelt einer an die Landeszentralbank!“, meldete der aufmerksame Kollege um 22:38 Uhr.

„Hab isch aach als gemacht“, lachte Hansi, weil er sich an die legendäre Kneipe „Zum Präsidium“ erinnerte. Damals, als er noch zusammen mit ...

„Den krallen wir uns aber!“, rief der Kollege aufgeregt, als er eine Vollbremsung hinlegen musste. Ein Radfahrer ohne Licht hatte beinahe den Polizeiwagen gerammt. Es war ein kleiner dicker Mann mit Halbglatze und einem gepflegten Bartkranz um den Mund. Die Sorte Bart, die man in Mainz „Arschlochbart“ nennt. Der betrunkene Radler glotzte blöd in den Polizeischeinwerfer.

„Der hat weit über 1,6 Promille!“, sagte der Fahrer.

„Der hot eh kä Lappe mehr“, lachte Hansi und stieg aus.

„Hansi, Du alt Sackgesischt!“, lallte Karl Napp erfreut, und bestand darauf, in das Röhrchen zu blasen.

„Sauber Sach!“, lobte Hansi die 1,9 Promille.

„Halbe Sache mach isch net“, krähte Karl stolz.

Der Besoffene und das Rad wurden mit dem Streifenwagen nach Hause kutschiert. Erna kochte den beiden Polizisten Kaffee. Karl lallte dummes Zeug.

„Das ist Strafvereitelung im Dienst!“, sagte der junge Polizist, als sie wieder in den Wagen stiegen.

„Babbel kä Blech!“, sagte der Saurier. Für die Bestrafung betrunkener Radfahrer hatte er gar kein Verständnis. Da waren die Leute schon so vernünftig, Rad statt Auto zu fahren, und trotzdem ...

Bei Schichtende hatte Binger Hansi endlich wieder das Gefühl, sinnvolle Polizeiarbeit geleistet zu haben. Er hatte der Radlerin 15 Euro Strafgeld erspart, dem Eckenpinkler sogar 80. Der Rettungsdienst und die Uniklinik hatten dem Betrunkenen keine 460 Euro aus der Tasche gezogen. Das überlastete Mainzer Amtsgericht konnte sich auf die Bearbeitung wichtiger Fälle konzentrieren, statt dem „Wiederholungstäter“ Karl Napp 1800 Euro Strafe aufzubrummen, woran auch noch so ein widerlicher Verkehrspsychologe Geld verdient hätte. Das einzige, was zum Abschluss einer erfolgreichen Nachtschicht noch fehlte, waren nette Kollegen, die gemeinsam einen tranken, bevor sie nach Hause fuhren. Aber die Zeiten waren schon lange vorbei.

„Bei mir gibt’s kä Bürogradie!“, erklärte Hansi, und gab einen Bericht „ohne besondere Vorkommnisse“ ab. Dann fuhr er zum ersten Mal seit Monaten ohne Magenschmerzen nach Hause. 96 Tage hatte er noch.

„Nero! Caligula! Wir gehen Gassi."

Nero und Caligula räkelten sich. Es war 23:45 Uhr. Die beiden riesigen Doggen trotteten zur Tür. Nero hatte ein eher gemütliches Gemüt. Außer, wenn er einen Dackel sah. Nero konnte keine Dackel leiden. Caligula war der Hektiker, der immer den Chef spielen wollte. Deshalb ging er voran. Er drückte mit der rechten Pranke die Klinke nach unten, und zog sie nach hinten. Dann zwängte er seinen gewaltigen Kopf durch den Türspalt, um schneller als Nero am Fahrstuhl zu sein.

Luise Neumann wollte ihn schon zurückpfeifen, als sie merkte, daß die Zigaretten fehlten. Luise ging nie ohne Zigaretten aus dem Haus. Genau genommen, tat sie überhaupt nichts ohne zu rauchen. Deshalb ging sie nicht mehr viel weg, vor allem nicht im Winter. Diese neumoderne deutsche Nichtraucherdiktatur ging ihr gründlich gegen den Strich. Ganz zu schweigen von Gesundheitsfanatikern und Moralaposteln, die laufend neue Alkoholverbote und Essvorschriften erfanden.

Luise ging zurück, und steckte eine Packung Gauloises Blondes ein. Während Nero gehorsam auf sie wartete, drückte Caligula am Fahrstuhl mit der Schnauze auf die dreieckige Signaltaste. Als sich die Tür öffnete, sprang er mit einem Satz hinein, und stürzte fünf Stockwerke tief in den Schacht. Es waren unheimliche, dumpfe Schläge, als der massige Hundekörper mehrmals gegen die Schachtwände knallte, und mit zerschmetterten Knochen auf dem Dach des Fahrstuhls im Kellergeschoss liegen blieb. Caligula war fünf Jahre alt geworden.

Und die nervlich außergewöhnlich robuste Luise Neumann fing plötzlich an, nervös zu werden. „Habe ich Feinde?", fragte sie in aller Unschuld.

„Das ist ein sehr schwerer Rückfall!“,

sagte der Verkehrspsychologe Kaktus todernst, und damit meinte er keinen Banküberfall. „Wie viel haben Sie getrunken?“

„Ei, fümf Fläschjer“, seufzte der Mann.

„Es ist eine Verharmlosung von Alkohol, wenn sie 0,5 Liter große Bierflaschen in der Verkleinerungsform als Bierchen oder Fläschchen bezeichnen!“

„Ja“, stöhnte der Mainzer gequält. Es gab in dieser Stadt niemand, der Gläser oder Flaschen trank. Alle tranken nur „Gläsjer“ und „Fläschjer“. Aber solche Feinheiten des Dialekts waren dem Psychologen Kaktus fremd.

„Wie kam es zu diesem schweren Rückfall?“

„Ei, isch hatt die Faxe dick von dem ganze Psychoquatsch. Der Idiotetest kost misch 5000 Euro, unn ..“

Kaktus jubelte innerlich. Der Mann sollte 12 Monate „Alkoholabstinenz“ nachweisen, bevor er zum Idiotentest antrat. Dank des „Rückfalls“ war die letzte Urinprobe jetzt „positiv“, weil er fünf Bierchen getrunken hatte. Für MPU-Psychologen ist eine positive Pinkelprobe wie eine Lizenz zum Geld drucken.

„Um diesen schweren Rückfall aufzuarbeiten brauchen wir mindestens vier Beratungsstunden extra.“

„Ja“, schluckte der Mann, weil er seinen Führerschein wieder haben wollte.

Kaktus genoss diese Momente der Macht über „Klienten“. Er würde dem Mann zusätzlich 360 Euro aus den Rippen leiern. Und wenn der Säufer dafür keine Quittung verlangte, dann würde er ihm eine „positive Beurteilung“ schreiben. Aber nur dann!

Als der Klient weg war, rief Kaktus Petra an und fragte: „Ist sie tot?“

„Die faschistische Fleischfresserin lebt noch!“, sagte Petra, und lutschte enttäuscht an ihrem veganischen Fruchteis aus biologisch angebauten Zuckerrüben. Dann fragte sie vorwurfsvoll den Sensenmann: „Was ist da schief gelaufen?“

Schuldbewusst rutschte der lange Sensenmann tiefer in den Beifahrersitz. Am liebsten hätte er sich unter dem Sitz versteckt. Woher sollte er wissen, was da schief gelaufen war?

Eigentlich lauerten sie vor Luises Firma, um zu sehen, wie sie in einem Sarg aus dem Haus getragen wurde. Aber sie kam lebend heraus, und beobachtete schweigend wie zwei Angestellte vorsichtig einen schweren Sack in den Kofferraum legten. Sie schloss den Deckel, setzte sich ans Steuer und fuhr rauchend los.

Die beiden fanatischen Nichtraucher folgten dem Jaguar unauffällig im Mietwagen. Petra lutschte an ihrem Eis und sagte nichts. Sie schwieg vorwurfsvoll. Der Sensenmann sagte auch nichts. Er schwieg voller Selbstzweifel. Warum lief bei ihm immer alles schief, egal was er tat?

„Was will die Alte in der Zwerchallee?“, durchbrach Petra ihr Schweigen.

Der Jaguar stoppte am Mainzer Tierheim. Die Neumann ging hinein. Mit zwei Helfern kam sie wieder heraus. Sie öffnete den Kofferraum. Die Helfer hoben den schweren Sack heraus, legten ihn vorsichtig auf einen Schubkarren und schoben ihn zum Tierfriedhof.

„Oh nein“, sagte die militante Tierschützerin Petra, als sie die riesige Doggenpfote erkannte, die aus dem offenen Sack ragte.

„Ich habe ein Tier getötet!“, schluchzte der Sensenmann und brach heulend zusammen.

„Du siehst brutal scheiße aus!“,

sagte er zu dem Spiegelbild. Sein Gesicht war grau. Der Kotzreiz kam wieder. Er steckte sich den Finger in den Hals, aber es kam nichts mehr.

Er schleppte sich zurück ins Schlafzimmer und legte sich leidend aufs Bett. Meikel fühlte sich schlecht, sauschlecht. Er hatte eine Woche Extremdiät gemacht. Wie jedes Frühjahr. Und wie immer, wenn er Brutaldiät machte, war er schlecht gelaunt. Sauschlecht. Deshalb hatte es einen Riesenkrach mit Luise gegeben. Er war geplatzt. Er war geplatzt, als sie ihm vorschlug, beim Arbeitsamt im Rahmen des „50-Plus-Programms“ irgend so eine idiotische Umschulung zu machen.

„Schmarrn!!“, hatte er gebrüllt. Aber auch nicht zu laut. Wegen Caligula. Meikel hatte Angst vor der Dogge.

Dann hatte er die Tür zugeknallt, und war gegangen. Und hatte eingekauft. Essen, Zigaretten, Bier. Und dann hatte er gekocht. Richtig gekocht. Schweinebraten mit Knödel. Schließlich war er Österreicher. Und hatte gefressen. Und wie er gefressen hatte. Und geraucht. Und das Weizenbier gesoffen. Und dann hatte er gekotzt. Weil sein Magen das Schweinefleisch und die Soße und die Knödel nicht mehr vertrug.

Und jetzt ging es ihm schlecht. Brutal schlecht. Vor allem hatte ein brutal schlechtes Gewissen. Seinem Körper gegenüber. „Mein Body ist mein Kapital“, stöhnte Meikel.

Mittags rief er in der Firma an, um mit ihr zu reden. Die Chefin sei nicht zu sprechen, hieß es. Es habe einen Unfall gegeben. Sie sei auf dem Friedhof, um Caligula zu beerdigen. *A wänigstens iis dös Drecksviach dot*, dachte Meikel, und legte sich wieder ins Bett.

„Du bist kein Tiermörder!“, wiederholte Kaktus. „Es war ein Unfall. Ein Kollateralschaden. Du bist unschuldig.“

Der Sensenmann war immer noch fix und fertig. Aber wenn ihm der Meister Absolution erteilte, dann konnte alles wieder gut werden. Und Petra tröstete ihn sogar mit einer Umarmung. Endlich hörte der Sensenmann auf zu schluchzen.

„Es war mehr als ein Unfall, es war Absicht“, sagte Petra überzeugt.

„Wie meinst du das?“, fragte der frei gesprochene Attentäter verwundert.

Petra: „Sie hat die Dogge gezielt in den Fahrstuhl vorgeschickt. Wie früher die Minenhunde im Krieg!“

Der Sensenmann horchte auf. Natürlich, so musste es gewesen sein. So skrupellos konnten nur Fleischfresser und Jäger sein!

Kaktus stimmte zu: „Sie ist raffiniert und brutal. Sie geht über Leichen.“

„Dafür wird sie bezahlen“, sagte Petra entschlossen. „Die Neumann wird Gift statt Fleisch fressen!“

„Was willst du tun?“

„Je weniger davon wissen, desto besser.“

„Petra übernimmt die Aktion“, entschied Kaktus.

Als Petra weg war, gab der Sensenmann seinem Führer einen Umschlag. Der Vermögensverwalter seines Erbes hatte ihm viel Geld überwiesen. Viel mehr als üblich. Der Sensenmann wollte lieber nicht wissen, woher das Geld kam. Er beruhigte sein Gewissen, indem er es spendete.

Der Psychologe Kaktus nahm den Umschlag, um dem dankbaren Sensenmann das nachhaltige Gefühl zu geben, ein werthaltiges Mitglied der Gruppe zu sein.

„Liebe Luise!

Wir sind alle drei empört und betroffen über deine Kaltherzigkeit. Du beantwortest keine E-Mails, und lässt dich am Telefon in deiner Firma verleugnen. Du hast sogar die private Telefonnummer gewechselt. Noch nicht einmal unsere Geburtstagsgrüße hast Du beantwortet.

Das ist kein menschlicher Umgang! Wir müssen uns dringend aussprechen. Alle vier. Vor allem wegen deinem neuen Ehemann. Alle Bekannten in Mainz lachen über uns wegen diesem ...“

„Die drei Jammerlappen haben mir noch gefehlt!“, zischte Luise, und las den Brief nicht weiter. Erstens war sie nicht der Mensch, der sich mit alten Kamellen belastete, zweitens hasste sie es, wenn sich Männer wie Heulsusen benehmen, und drittens kam sie gerade von Caligulas Beerdigung.

Also strich sie das Geschreibsel durch und kritzelte mit rotem Kuli drunter: „Lasst mich in Ruhe, Ihr Jammerlappen!“

Den Brief warf sie auf den Schreibtisch der Sekretärin mit dem Hinweis „zurück an Absender!“.

Normalerweise hätte die langjährige Sekretärin den Brief liegen lassen, bis die Chefin besser gelaunt war, um deren Reaktion zu entschärfen. Aber die Sekretärin war im Urlaub, und ihr Vertreter hatte keinen Zugang zur Seelenlage der Beißzange. Also kam die Antwort postwendend zu ihren drei Exmännern zurück.

„Das ist eine Kampfansage!“, wütete Franz-Eberhard, Edler von Worstig, und klappte das Visier herunter.

„Sie hat es so gewollt!“, stimmte Willi zu.

„Wer Wind sät, wird Sturm ernten!“, sagte Hans.

„Ein plötzlicher Herztod kann viele Ursachen haben“,

murmelte die gelernte Lebensmittelchemikerin. Eine Ursache konnte zum Beispiel das berühmte „Digitalis“ sein. Ein werthaltiges Bio-Gift mit nachhaltiger Wirkung, das man klimaneutral aus der Fingerhutpflanze gewinnen konnte. Mit diesem Gift waren Jahrhunderte lang Feinde aus dem Weg geräumt worden. Vor allem Promis. Sogar Könige und Kaiser.

Und jetzt sollte die Doggenmörderin Luise Neumann mit Hilfe von Digitalis ihrer gerechten Strafe zugeführt werden. Das war nicht schwer zu arrangieren, weil sie beobachtet hatten, dass die Fleischfresserin auch gern Schokolade naschte. Und zwar nicht irgendwelche, sondern natürlich nur die beste und teuerste: Ragusa.

Sie ging in den kleinen Schoko-Laden am Leichhof und wollte das Zeug kaufen. Dort erfuhr sie aber, dass man die edle Feinschmeckerschokolade erst umständlich bestellen müsse. Direkt war der Kram nur in der Schweiz erhältlich, wo er hergestellt wurde. Um keine verräterischen Spuren zu hinterlassen, raste die militante Umweltschützerin und Autogegnerin mit dem Leihwagen nach Basel, kaufte die Schokolade und raste wieder zurück nach Mainz.

Hier öffnete sie vorsichtig die Verpackung und präparierte die Schokostäbchen noch vorsichtiger mit dem tödlichen Gift Digitalis. Als Absender gab die fanatische Jagdgegnerin „Waffen-Bassing“ an, den Inhalt als „kleine Aufmerksamkeit für langjährige Stammkunden“.

Das flache Paket warf sie nachts in den großen Briefkasten der Firma Neumann. Und sie beobachteten und warteten. Sie warteten auf den ebenso plötzlichen wie verdienten Herztod der Fleischfresserin Luise Neumann.

„Kall, Du musst heit deheim bleibe!“,

befahl Erna beim Frühstück.

„Warum muss isch ...?“

„Weil de Karl-Heinz unn die Moni komme!“

Karl Napp verschluckte seinen Kaffee. Alles, nur das nicht! Nicht sein missratener Sohn Karl-Heinz Napp-Mahlzahn und die völlig behämmerte Schwiegertochter Monika-Ellen Napp-Mahlzahn.

„Loss misch bloss nit alläà mit dene Deppe!“, flehte Erna.

Karl fluchte. Die beiden Nervensägen waren erst an Weihnachten hier gewesen. Jetzt war es Mai. „Warum komme die Dollbohrer schon widder?“

„Weil es Gwenni in Meenz schtudiere soll. Die hot en Termin beim Dozent fer Wasswääßischfernscheißdreck. En Privattermin. Jetzt. Am Samsdaach!“

Karl bekam Magenschmerzen bei dem Gedanken an seine Enkelin Gwendolyn-Virginia Napp-Mahlzahn.

„Will die Gwenni bei uns ...?“

„Uff gar kään Fall!“, sagte Vermieterin Erna. „Isch schmeiß doch kä Mieder enaus, nur damit die Deppschees hier umsonst wohne kann.“

„Uff“, atmete Karl auf, dachte aber an seinen Enkel, und fragte misstrauisch: „Kommt de Schang aach mit?“

„Nä, der bleibt in Marbursch. Der hätt grad Hausarrest.“

Wenigstens der Enkel Jean-Baptist Napp-Mahlzahn blieb ihnen erspart. Der war nämlich völlig Banane.

Karl: „Wann kommt die Bagaasch?“

„Um 12 Uhr. Da wär’n se ferdisch mit dem Uniquatsch.“

Sie gingen die Taktik durch. Um alles in der Welt galt es, zwei Dinge zu vermeiden. Erstens mussten sie verhindern, dass Sohn und Schwiegertochter lange zu

Besuch blieben. Zweitens mussten sie unbedingt verhindern, dass die Nervensäge von Enkelin in Mainz studierte, oder sogar hier im Haus wohnte.

„Dess hält nämlich kääner im Kopp aus!“, sagte Erna. Gwendolyn-Virginia lebte in der Wahnvorstellung, ein Model zu werden. Deshalb zog sie nie diese hässliche Sonnenbrille mit den riesigen Gläsern ab, womit sie aussah, wie Puck die Stubenfliege. Und wenn sie den Mund aufmachte, war es ganz aus.

Karl-Heinz hatte seine Tochter mit unzähligen Nachhilfestunden und Schulwechseln zum Abi geprügelt. Gwendolyn-Virginia hatte noch nie eine Zeitung, oder gar ein ganzes Buch gelesen. Jetzt war sie im Besitz der Allgemeinen Hochschulreife und hatte das Allgemeinwissen einer Butterblume. Sie interessierte sich für nichts, außer für Prada und Gucci. Und weil es zu Hause in Marburg immer Krach gab, war Karl-Heinz anscheinend auf die hinterhältige Idee gekommen, seine Tochter zum Studium nach Mainz zu schicken, um die Aufsicht an die Großeltern zu delegieren. Das war typisch. Karl-Heinz war Lehrer. Als Stufenleiter schob er auch immer die schwierigen Klassen an junge Referendare ab.

„Der kann mer de Hobel blose“, sagte Karl und fragte: „Was machste dann zu esse fer die Brut?“

„Ve-ge-da-rische Fri-ga-delle!“

„Uuäär“, sagte Karl angewidert. „Isch back mer Bratworscht aus de Doos.“

In genau drei Stunden, um 12 Uhr, würden sie kommen. Karl ging ins Wohnzimmer und schob eine alte Kassette in die Anlage. „Spiel mir das Lied vom Tod“ dröhnte aus den Boxen. Gemeinsam saßen sie auf dem Balkon, fassten sich an den Händen und warteten schweigend auf High Noon.

„Wie siehst du denn aus?“,

fragte Petra, als er eine halbe Stunde zu spät kam.

„Die scheiß Hitze“, stöhnte er. „Mein Kreislauf ist völlig runter.“

Es war neun Uhr morgens und der Sensenmann war schon am Ende, bevor es heiß wurde. Seine tiefen Augenhöhlen lagen noch tiefer, seine dunklen Ringe unter den Augen waren noch dunkler, sein Totenschädel zeichnete sich noch schärfer unter der dünnen Gesichtshaut ab. Untergewicht infolge veganischer Mangelernährung hat ihren Preis.

„Die Klimaerwärmung ist schuld an der Hitze“, sagte Petra. „Die Umweltfaschos machen die Erde kaputt.“

Der Sensenmann nickte. Außer dem Wetter kam noch der Blutverlust dazu. Vor zwei Tagen war er gebissen worden. Ins Gesicht. Die Wunde war in der Uniklinik genäht worden. Aus wissenschaftlichem Interesse holte er immer denselben Hund aus dem Tierheim. Er wollte das Tier von vernünftiger Ernährung überzeugen. Deshalb fütterte er ihn mit veganischen Hundekeksen, und zeigte ihm Tier-KZ-DVD's. Vorgestern war die Prüfung. Er hielt ihm einen Veganerkeks und einen Bratmax von Aldi vor die Schnauze. Als der Hund die ekelhafte Wurst schnappen wollte, zog er sie zurück. Da hatte ihn der Hund blitzschnell ins Gesicht gebissen. Deshalb hatte er ein dickes Pflaster im mageren Gesicht. Daran konnte man sehen, wie aggressiv die Fleischfresserei machte.

„Was macht die Wunde?“, fragte Petra.

„Tut weh“, stöhnte der Sensenmann, und unterdrückte heldenhaft die Schmerzen seiner schweren Verwundung. Eigentlich war er stolz auf sich. Jetzt hatte er nicht nur drei Finger im Kampf gegen die Fleischfresser verloren, sondern trug auch stolz eine Narbe im Gesicht. Das musste sie doch beeindrucken! Auch sonst tat er alles, um Petras Aufmerksamkeit zu erregen. Er bewunderte ihre Energie und ihre Härte. Aber sie interessierte sich nur für den Kampf.

Der Sensenmann war Mitte Fünfzig und hatte Soziologie studiert, lebte aber von seinem Erbe. Es war irgend ein Fonds, mit Aktien oder so. Genau wollte es nicht wissen, um nicht in Gewissensnöte zu kommen. Der Vermögensverwalter überwies jeden Monat das Geld. Alles, was er nicht brauchte, gab er Kaktus, um damit Aktionen der Gruppe zu finanzieren. Die NSAEV war sein Lebensinhalt. Er war schon in zig Initiativen, Parteien und Aktionsbündnissen gewesen. Er hatte lange gesucht, bis er sein Ziel gefunden hatte. Der Sensenmann liebte die werthaltige Kompromisslosigkeit, die nachhaltige Härte und die klimaneutrale Klarheit, mit der Kaktus die Gruppe führte. Und er war verliebt in Petra. Aber die ...

„Achtung, das Dreckstück kommt!“, sagte Petra. Unauffällig folgten sie der kettenrauchenden Luise Neumann durch die Mainzer Innenstadt. Wenigstens ging sie alleine. Sie schleppte nicht den überlebenden Hund am Sklavenhalsband hinter sich her.

„Natürlich!“, zischte Petra empört. „Samstags geht die Säuferin zu diesem ekelhaften Marktfrühstück!“

Der Sensenmann riss sich zusammen. Beim gehen wurde ihm schwindlig, und er sah schwarze Punkte vor den Augen. Aber weil sie hinter der qualmenden Neumann herliefen, machte er das Passivrauchen dafür verantwortlich.

„Man sollte mit der Kalaschnikow hier durch gehen!“, zischte Petra. Der Gang über den Mainzer Markt war der

Weg durch die Hölle. Jedenfalls für fanatische Veganer, Nichtraucher und Antialkoholiker. Überall Säufer, Raucher, Fleischfresser und dazu die allerschlimmsten: verlogene Halbfaschisten, die sich vegetarisch ernährten, statt vegan. Überall wurde Wurst, Fleisch, Käse, und Alkohol verkauft. Ein ganz widerlicher Rassist verkaufte Eier und machte Werbung mit einem angeketteten Huhn.

„Den würd ich auch gern fesseln und öffentlich zur Schau stellen!“, zischte Petra. Im Gegensatz zum langen, dürren Sensenmann war Petra klein und kugelrund. Sie ernährte sich von Pommes. Und von dem Fruchteis, das angeblich aus biologisch angebauten Zuckerrüben hergestellt wurde. Unter ihrem T-Shirt aus Bio-Baumwolle mit der Aufschrift „Stoppt Ernst Neger!“, und der kurdischen Schlabberhose mit Schritt in Kniehöhe war sie flächendeckend mit Kampfparolen tätowiert.

„Ekelhaft“, zischte Petra und machte Strichlisten. Die Neumann stand mit anderen Säufern zusammen am Stand vom Winzer Stenner. In kaum zwei Stunden fraß die Verbrecherin zwei Portionen Fleischwurst, soff drei Weinschorle und rauchte 13 Zigaretten. Dreizehn!

Um 11:59 Uhr stand die Neumann immer noch kerzengerade da, aber der Sensenmann fiel um. Kreislaufkollaps. Weil er so leicht war, klappte er in Superzeitlupe zusammen. Wie ein Blatt im Wind. Ein Notarztwagen brachte ihn in die Klinik.

„Hau ab!“, bellte Petra, als ihr jemand mit Zigarette und Weinglas in der Hand zu nahe kam. Der wollte helfen.

Petra fuhr nicht mit. Eisern beschattete sie Luise Neumann. Kaktus wollte alles über ihre Lebensgewohnheiten wissen, so lange sie noch lebte. Er verfasste gerade ein psychologisches Gutachten über die Fleischfresserin. Kenne deinen Feind!

„Alarm!“, rief Erna. „Die Bagaasch kimmt!“

„Wenn isch dess Trockebrötsche seh!“, maulte Karl.

Stufenleiter Karl-Heinz Napp-Mahlzahn stieg zuerst aus dem alten Käfer mit Marburger Kennzeichen und dem riesigen „Atomkraft-nein-danke“ Aufkleber. Wie immer ging er leicht gebückt, und zeigte mit seiner grün-alternativen Leidensmiene, dass alle Last der Welt auf seinen Schultern lag. Außerdem täuschte er seit Jahren schwere Rückenschmerzen vor, um glaubwürdiger die Frühreute zu beantragen. Er war schon 46.

Gleich dahinter kam mit schwerem Gang die Sozialpädagogin Monika-Ellen Napp-Mahlzahn gewatschelt. Bei absolutem Bewegungsmangel ernährte sich die gesundheitsbewusst-vegetarische Esoterikerin hauptsächlich von Kuchen und sonstigem Süßkram.

Puck die Stubenfliege stöckelte ihren Eltern auf High-Heels in Stelzenhöhe mieslaunig hinterher. Die spindeldürre Gwendolyn-Virginia Napp-Mahlzahn sah aus wie eine Karikatur. Zum Glück verdeckten die riesigen Brillengläser das grauenhaft zugeschminkte Gesicht.

„Halloo!“, rief Moni.

„Hockt Eisch!“, sagte Erna. „Es Esse werd kalt.“

Um das Elend zu verkürzen, lagen die vegetarischen Frikadellen schon auf den Tellern. Mit einer Ausnahme.

„Krieg ich nix?“, maulte Gwenni.

„Willste dellefoniere odder esse?“, fragte Erna.

Maulend gab Gwendolyn-Virginia ihr Smartphone ab. Sie erwartete einen dringenden Anruf von Karl Lagerfeld. Erna schmiss das piepsende Ding in eine Schublade, und klatschte ihrer Enkelin Essen auf den Teller.

„Wo ist Karl?“, fragte Moni in der Hoffnung, ihren ordinären Schwiegervater nicht zu sehen.

Erna deutete zur Küche, aus der dicke Rauchschwaden von verbrannter Bratwurst, gemischt mit Zigarrenqualm kamen. Moni verzog angewidert das Gesicht und rümpfte die Nase.

„Futkram!“, fluchte Karl am Herd, klapperte mit der Pfanne, und verbrannte sich die Pfoten.

„Wir haben jetzt die erste vollvegetarische Betriebskantine Hessens“, erklärte Moni stolz. „Bei uns ist jeden Tag Veggyday.“

Deppschees, dachte Erna und fragte ihren Sohn. „Was gibt's dann neies in de Schul?“.

„Das Problem mit der Komasauferei wird immer schlimmer“, erklärte Oberlehrer Karl-Heinz. „Wir verhängen jetzt harte Sanktionen gegen jeden Schüler, der auffällig wird. Es geht nicht mehr anders.“

„Mach kä Sache“, sagte Erna und erzählte ihrer Schwiegertochter, wie sie damals in die Schule bestellt wurde, weil der junge Karl-Heinz im Dauersuff auf der Klassenfahrt randaliert hatte.

„Hihi“, lachte Gwendolyn-Virginia.

„Guude!“, grölte Karl und trat krachend die angelehnte Küchentür auf. In der linken Hand hatte er einen Teller mit verbrannter Dosenbratwurst. In der Rechten hielt er seine Weinschorle. Ansonsten trug er extra das Schießer-Feinripp-Unterhemd, das seine Schwiegertochter so mochte. Er setzte sich, und fragte besorgt: „Moni, host du schon widder zugenomme?“

Heute lasse ich mich nicht provozieren, dachte Moni, und ignorierte die Frage. Extra zum Abnehmen hatte sie ein Rad gekauft. Ein Elektrofahrrad, das seit Monaten in der Garage verstaubte.

„Seit wann kocht hier der Patriarch persönlich?“, fragte der furchtbar emanzipierte Oberlehrer.

„Seit isch en Wutzeworschtkochkurs gemacht hab“, erklärte Karl schmatzend.

„Da hat dir aber keiner beigebracht, wie man unfallfrei Wurstdosen öffnet?“

„Nää“, stimmte Karl zu, und hielt seinen blutenden Finger hoch. „Der Kochkursleiter iss nämlisch von Beruf Lehrer. Der kann mit Werkzeusch fast genau so gut umgehe, als wie du.“

„Willste noch e Schtücksche?“, fragte Erna ihre verfressene Schwiegertochter, um deren Geschwätz über Nichtraucherinitiativen, Anti-Fleisch-Kampagnen und esoterischen Firlefanz zu unterbrechen.

Karl beeilte sich mit dem Essen, um schneller eine neue Zigarre anzünden zu können. Zwecks Erhöhung des Vergraulungsfaktors hatte er überall halbvolle Aschenbecher verteilt. Außerdem hatte er schon drei große Sauergespritzte getrunken, um sich in Kampfform zu steigern. „Willste aach ääner?“, fragte er seinen Sohn.

„Ich trinke tagsüber keinen Alkohol“, antwortete Karl-Heinz, der seinen Nachbarn angezeigt hatte, weil der mit dem Auto betrunken vom Frühschoppen nach Hause gefahren war. Der grüne Oberlehrer hatte mit allen Nachbarn Krach. Er zeigte jeden an, der gegen Sozialnormen verstieß, die Karl-Heinz festlegte.

Quälend plätscherte das Gespräch dahin. Karl-Heinz und Moni redeten erfolgreich um den heißen Brei herum. Erna trat Karl unter dem Tisch ans Bein. Das war das Zeichen, um zur Attacke anzutreten.

Karl: „Was iss Gwenni? Schtudierste jetzt in Meenz Kommunismusdisein, odder nit?“

„Das Studienfach heißt Kommunikationsdesign“, verbesserte der Oberlehrer.

„Dess iss mir doch scheißegal“, sagte Karl gut gelaunt.

Puck die Stubenfliege verschränkte schmollend die Arme. Dann stampfte sie so fest mit dem Fuß auf, dass die riesigen Gläser der hässlichen Sonnenbrille wackelten. „Ich will nicht in Mainz studieren. Das ist mir zu provinziell! Ich will nach Berlin!“

Monis roter Kopf wurde noch roter.

„Wie sieht es eigentlich mit Studentenwohnungen in Mainz aus?“, fragte Karl-Heinz hinterhältig.

„Schlescht!“, sagte Erna. „Kannste nit bezahle. Hier kost en winzisches WG-Zimmer vorneweg 400 Euro.“

„Kalt!“, fügte Karl hinzu.

Sparbrötchen Karl-Heinz sah zweifelnd seine Mutter an.

Erna: „Du brauchst gar nit so schepp zu gucke. Ich hab es ganze Haus voll Mieder mit langfrisdische Mietverträäsch. Da iss gar nix zu mache.“

Einen Moment herrschte Schweigen. Man hörte nur Gluck-Gluck, als sich Karl grinsend Wein nachschenkte.

Da fragte Moni noch hinterhältiger: „Wie geht es Uroma Annemie?“

Damit zielte sie auf die kleine Erdgeschosswohnung, in der Karls Mutter hauste.

„Kannste vergesse“, lachte Karl. „Die alt Beißzang werd vorneweg 120! Da musste noch 30 Jahr warte, bis die Wohnung frei wird.“

„So habe ich das nicht gemeint!“, log Moni empört.

„Ich will nach Berlin!!“, sagte Gwenni trotzig wie ein Kind und stampfte mit dem Fuß auf.

Erna trat zwei Mal an Karls Bein. Das war das Zeichen, um mehr Öl ins Feuer zu gießen.

„Was macht dann de Schang?“, fragte Karl erwartungsvoll, um in der nächsten Wunde zu bohren.

Karl-Heinz und Moni sahen sich an. Sie überlegten, wer antworten solle.

Moni: „Die schulischen Probleme von Jean-Baptist rühren daher, weil seine Lehrer nicht rechtzeitig erkannt haben, dass er hochbegabt ist."

Erna hielt die Luft an, Karl zog die Brauen hoch.

Karl-Heinz: „Er hat schlechte Noten, weil er absolut unterfordert ist. Wir wechseln die Schule!"

Karl: „Ei subber. Dann kann er doch fünf Klasse übberschpringe, unn sofort Weltraumfisick schtudiere, schtatt sitze bleibe."

„Darauf gebe ich keine Antwort!", sagte Moni, deren Kopf jetzt endgültig kurz vorm platzen war.

Karl bohrte gnadenlos weiter. Er fragte seinen Sohn: „Du bist doch Lehrer! Host du nit gemerkt, dass der Bub hochbegabt iss, weil er zwää Bauklötzjer übbernanner schtapele kann?"

„Jetzt reicht mir's!", zischte Karl-Heinz und sprang wütend auf. „Von meinen eigenen Eltern hatte ich etwas Unterstützung erwartet. Aber, wenn wir hier nicht willkommen sind, dann können wir ja gehen!"

Karl zeigte auf die Tür und sagte „Tschee!".

„Moni, wir gehen!", brüllte Karl-Heinz.

„Ich will nach Berlin!", sagte Gwendolyn-Virginia zum Abschied, und stampfte mit dem Fuß auf.

„Die komme so schnell nit mehr", lachte Karl und winkte vom Balkon hinterher. Umweltschützer Karl-Heinz jagte wütend eine Qualmwolke aus dem Auspuff und trat den alten Käfer mit Vollgas nach Marburg, um noch mehr Blei in die Luft zu blasen.

„Kall, du goldischer Hutsimpel! Dess hoste rischdisch klasse gemacht!", lobte Erna und gab ihm einen Kuss. So viel Lob hatte sie in den letzten zehn Jahren nicht erteilt.

„Berlin!", grölte Karl, tanzte auf dem Balkon und klatschte Erna ab. „Wir fahren nach Berlin!!"

Der Tod des Kaisers Commodus

Nero begriff nicht, warum Caligula plötzlich nicht mehr da war. Aber er trauerte nicht besonders um ihn. Seit Caligulas Tod war Nero nicht mehr der letzte in Luise Neumanns Tierreich, sondern aufgestiegen zur Nummer Zwei. Die Nummer Eins war nach wie vor der alte, fette Kater Commodus. Den letzten beißt die Katze.

Commodus war ein Tyrann. Früher hatte er die beiden Doggen dominiert, jetzt konnte er nur noch den gutmütigen Nero striezen. Als sie Welpen waren, hatte er ihnen fauchend, mit hochgestelltem Fell und scharfen Krallenhieben lebenslänglichen Respekt eingebläut.

Noch heute traute sich Nero nur mit Genehmigung des diktatorischen Katers an seinen Fressnapf. Heute abend war Commodus aber friedlich. Er lag fett und faul auf dem Sofa. Nero döste auf dem Boden.

Frauchen hatte lange im Büro gearbeitet, und war dann hoch in die Wohnung. Sie zwang sich dazu, den Fahrstuhl zu nehmen, um ihr ungutes Gefühl dabei zu überwinden. Sie hatte Hunger wie ein Wolf, deshalb gab es heute die frischen Würste von der Wildsau, die sie neulich geschossen hatte. Die erste Bratwurst aß sie vor lauter Hunger „nackisch" wie der Mainzer sagt. Sie zog die Wurst aus, schmierte das rohe Hack aufs Brot, klatschte ordentlich Zwiebeln darauf, und trank dazu Rotwein. Die zweite Wurst bekamen Katz und Hund. Die restlichen Würste briet sie in die Pfanne. Nach dem Essen rauchte und trank sie auf dem Sofa.

„Ragusa schmeckt gut zu Rotwein", murmelte sie und nahm einen der kleinen Scholadenriegel aus der Packung. Aber gerade, als sie das Ding essen wollte, musste Nero Pipi machen. Er musste immer im falschen Moment.

Seufzend ging sie mit dem Riesenkalb Gassi. Fahrstuhl, fünf Stockwerke nach unten, auf die Straße, spazieren gehen. Nero war folgsam und friedlich wie ein Lamm, er ging ohne Leine. Vor allem war er mutig wie ein Schaf. Jedes Geräusch verunsicherte den 80 Kilo-Rüden so sehr, dass er hinter seiner Herrin lief, statt neben ihr.

„Jetzt pinkel schon, du Heldenhund!", feuerte sie ihn an. Wieder oben, setzte sie sich auf das Sofa, trank einen Schluck, und nahm den Schokoriegel in die Hand. Da fiel ihr ein, dass sie das Buch über die römische Stadtmauer von Mainz weiter lesen wollte. Ideale Entspannungsliteratur nach einem langen Arbeitstag. Sie legte den Riegel beiseite, fand das Buch im Schlafzimmer, setzte sich wieder auf's Sofa, trank einen Schluck, und wickelte den Riegel aus der Verpackung.

„Welcher Idiot ruft jetzt an?!", fluchte Luise, als das Telefon klingelte. Das Ding lag in der Küche. Sie legte den Riegel beiseite, und ging in die Küche. Ehemann Nummer Vier war am Telefon. Anscheinend wollte er wieder Geld von ihr, jedenfalls entschuldigte er sich kleinlaut für seinen Auftritt neulich und ...

„Leck mich am Arsch!", sagte Luise und legte auf. Sie hasste es, wenn sich erwachsene Männer wie kleine Buben benahmen. Das hatte sie schon drei Mal erlebt. War der vierte Ehemann jetzt auch so weit? Sollte sie sich besser gleich scheiden lassen, bevor das Elend ...

Als sie zurück kam, war Kater Commodus tot. Er lag mit verrenkten Gliedern auf dem Sofa und hatte Schaum vorm Maul. Neben ihm lag der angebissene Schokoriegel. Nero glotzte blöd, und begriff nicht, dass er jetzt zur Nummer Eins aufgestiegen war.

Und Luise Neumann heulte in dieser Nacht zum ersten Mal, seit sie erwachsen war.

Weimar 1802: „De Gehde muss zum Idiodetest"

Johann Wolfgang von Goethe ist schlecht gelaunt. Die Justiz hat ihm eine satte Strafe aufgebrummt, weil er besoffen und mit überhöhter Geschwindigkeit durch Weimar geritten ist, einen Unfall mit Tierschaden verursacht, Passanten angepöbelt, und öffentlich uriniert hat. Aber es kommt noch schlimmer. Goethe muss zur MPU. Es droht der Entzug der Reiterlaubnis. Aus lauter Ärger fällt der Dichter in seinen Heimatdialekt.

Psychologe: „Herr Goethe. Laut Polizeibericht sind Sie am 16.07.1801 stark alkoholisiert in Schlangenlinien durch Weimar geritten, wobei ihr Pferd mit dem rechten Vorderhuf ein freilaufendes Huhn erheblich verletzt hat. Das ist ein schwerer Verstoß gegen die Reitverkehrsordnung. Wie kam es zu dieser Alkoholstraftat?"

Goethe, wütend: „Wieso Schtraftat? Hab isch jemand umgebracht, odder wass? Dess bleed Hinkel hat uff de Gass gar nix zu suche!"

„Bitte schildern Sie sachlich den Tathergang!"

Dess saudumme Hinkel hat mir die Vorfahrt genomme!"

„Ich möchte wissen, wie es dazu kam, dass Sie stark alkoholisiert am Straßenverkehr teilgenommen haben!"

„Ei, de Schiller unn isch, mir habbe drauße im Grüne Picknick gemacht. Es gab Austern zu fresse, Fleischpastetscher, Wachteleier unn ..."

„Es ist unerheblich, was Sie gegessen haben. Wie viel Alkohol haben Sie an diesem Tag getrunken?"

Goethe: „Wer dann jetzt? De Schiller, odder isch?"

Psychologe: „Sie!"

„Isch mach beim Saufe kä Schtrichliste."

Psychologe: „Versuchen Sie sich genau zu erinnern!"

„Ei, am Anfang habbe mir drei, vier Schampes gemacht. Dann ging's weider mit ..."
„Meinen sie drei oder vier Gläser Champagner?"
Goethe, verwundert: „Wieso Gläsjer?! Fläschjer mein isch nadürlisch."
Psychologe, streng: „Die Verkleinerungsform von Flaschen in Form von Fläschchen stellt eine Verharmlosung von Alkohol dar, was ich wissenschaftlich als eindeutiges Negativkriterium bewerten muss."
Goethe, gereizt: „Deshalb hab isch ja ganze Flasche gesoffe, unn kä Gläsjer!"
„Trinken sie öfter schon tagsüber Alkohol?"
„Ja, soll isch nachts im Dunkle Picknick mache, odder was?!"
„Was haben sie nach dem Champagner getrunken?"
„Dann habbe mir e paar Fläschjer, äh Flasche von dem saugeile 91er gesoffe."
Psychologe: „Was ist das?"
Goethe: „Du hast abber aach gar kä Ahnung. Rhoigauer Riesling Jahrgang 1791. Kennste net moi Gedischt übber den Jahrhunnertjahrgang? Dess iss weltberühmt!"
„Ich trinke nur Wasser und Pfefferminztee. Außerdem habe ich keine Zeit für Gedichte. Ich lese ausschließlich verkehrspsychologische Fachliteratur."
Goethe, entsetzt: „Was fer'n Banause! Liest kä Gedischte! Isch schreib sofort en Gedischt übber agademische Fachidiode!"
Psychologe: „Herr Goethe, ich warne Sie! Werden Sie nicht unsachlich, oder gar beleidigend!".
Goethe: „Jetzt bass emal acht, Freundsche! Isch hab guude Beziehunge zum Großherzog von Weimar. Mit dem geh isch als privat ääner saufe, unn ..."

Psychologe: „Herr Goethe! Ich weise Sie nachdrücklich darauf hin, dass sich Drohungen negativ auf ihr Gutachten auswirken.“

Goethe: „Iss ja schon guud. Reesch disch ab.“

„Haben Sie an diesem Tag auch harte alkoholische Getränke konsumiert?“

„Ei, wenn mer ordentlisch esst, muss mer doch aach e paar Schnäpsjer dezu saufe. Damit’s besser rutscht! Iss guud fer die Verdauung.“

„Wie viele Schnäpse haben sie konsumiert?“

„Ei, die Flasch Mirabell habbe mir umgemacht.“

„Trinken Sie öfter vergleichbare Mengen Alkohol?“

Goethe: „Nur, wenn isch Dorscht hab.“

„Nehmen Sie oft an Freizeitveranstaltungen teil, bei denen exzessiver Alkoholgenuss im Vordergrund steht?“

Goethe, brummelnd: „Dollbohrer!“

Psychologe: „Was bedeutet Dollbohrer?“

„Dess kann mer schlescht in Hochdeutsch übbersetze.“

Psychologe: „Warum ist Ihr Trinkkumpan Schiller nach dem Gelage mit der Kutsche nach Hause gefahren?“

Goethe, stolz: „Weil isch den Schiller unner de Disch gesoffe hab. Der war voll wie e Krott, unn hat alles vollgekotzt. Der konnt nit mehr uff de Gaul krabbele!“

Psychologe, streng: „Aufgrund dieser abnormalen Alkoholmenge waren sie absolut verkehrsuntüchtig! Trotzdem sind Sie nach Hause geritten. Warum?“

Goethe: „Wie kann mer nur so bleed fraache? Weil moi Gaul den Weg nach Haus kennt!“

Psychologe: „Was sagt eigentlich ihre Frau dazu, wenn Sie stark alkoholisiert nach Hause kommen?“

„Es Christinsche? Die zieht dann immer noch e Fläschje uff, unn sauft mit. Die hot aach Dorscht!“

„Seit wann trinken Sie Alkohol?“

„Ei, seit isch denke kann. Moi Mudder hat mir immer gekleppertes Ei mit Rotwoi gebbe, wenn isch Bangert krank war. Dess iss gesund fer klääne Kinner, unn ...“

Psychologe: „Das reicht! Zu welchen Anlässen trinken sie Alkohol, außer zum Essen?“

„Ei, zum Beischpiel, wenn isch dischte tu. Mit Schtöffsche im Kopp kannste besser reime. Bass emol uff:

Mit zwa Lidder Rhoigauer Riesling im Herrn,
tut son klassisches Gedischt als besser werr’n.
Egal, ob Schiller, odder isch, de aale Geehde,
Ohne Schtöffsche komme mir in Dischternööte.
Der Weltliderat Francois Villon iss aach debei,
dess iss de große Schluckschpecht Nummer drei.
Doch fehlt der allergreste Dischter jetzt un hier,
de allergreste Säufer hieß: William Schäksbier.
Unn alldieweil unn dessdeweesche ...“

Psychologe, angewidert: „Das reicht! Sie brauchen also Alkohol, um zu dichten. Wie oft dichten sie?“

„Ei, jeden Daach, du Hutsimpel. Von nix kommt nix!“

Der Verkehrspsychologe schreibt dem Klienten Goethe ein negatives Gutachten wegen „klar erkennbaren Symptomen einer fortgeschrittenen Alkoholproblematik“. Zudem zeige der schwere Alkoholverkehrsstraftäter keinerlei Einsicht in sein Fehlverhalten, und lasse noch nicht einmal „rudimentäre Ansätze eines Alkoholproblembewusstseins“ erkennen. Abschließend empfiehlt der Gutachter eine Entziehungskur, sowie intensive verkehrspsychologische Betreuung, und befürwortet den sofortigen Entzug der Reiterlaubnis. Ferner rät er dazu, alle Werke des Dichters zu verbieten und zu verbrennen, und seine Denkmäler zu sprengen, weil Goethe nicht nur Alkohol verharmlose, sondern verherrliche, womit er eine latente Gefährdung der Jugend darstelle und ...

Der Verkehrspsychologe Kaktus wachte schweißgebadet auf. Er träumte dauernd davon, dass ihn Menschen nicht ernst nahmen. Noch schlimmer: dass sie ihn lächerlich machten. Am allerschlimmsten: dass Menschen ihn sahen, wie er war. Als geldgierigen Wichtigtuer, der unter dem Vorwand der „Verkehrssicherheit" Schwarzgeld abzockte. Es gab sogar Menschen, die straffrei behaupten durften, dass Psychologie gar keine Wissenschaft ist, sondern geschwollene Phrasendrescherei, weil Psychologie auf deutsch „Seelenkunde" heißt, und die Seele kein wissenschaftlich definierbarer Begriff ist!

Kaktus stand wütend auf, und schlurfte durch die einsame Wohnung. „Seelisch abnormaler Psychopath, der seine Kinder für pseudo-psychologische Experimente missbraucht!", hatte ihn seine Frau genannt, bevor sie mit den Kindern ausgezogen war, und ihm gerichtlich den Umgang verboten hatte. Was für ein absurder Quatsch! „Die Psychologie ist die Wissenschaft der Seelenkunde! Deshalb können Psychologen gar nicht abnormal sein!", brüllte der irrsinnige Kaktus durch die leere Wohnung.

Er setzte sich an seinen Schreibtisch. Außer seinen normalen Alpträumen hatte er noch viel schlimmere. Er träumte davon, dass Polizisten und Steuerfahnder auf Veranlassung dieser Alkoholikerin Kartons voller Aktenordner und Disketten hier herausschleppten. SIE wollte sein Lebenswerk zerstören. SIE wollte alles zerstören, was er sich aufgebaut hatte. SIE wollte ihn vernichten!

„Und deshalb werde ICH die Neumann vernichten!", brüllte Kaktus. Über den Schreibtisch hatte er ihr Bild gehängt, damit er dem Todfeind ins Auge blicken konnte.

Es war 04:39 Uhr. Er machte Notizen: „Die NSAEV aktivieren! Alle Kämpfer motivieren! Petra anrufen! Einzelgespräch mit Sensenmann! ..."

„Die verdammte Fleischfresserin lebt immer noch!“,

zischte Petra wütend, als die Neumann irgend ein Bündel in den Jaguar legte, und losfuhr.

Die beiden militanten Tierschützer und Autogegner folgten im Leihwagen. Der Sensenmann traute sich kaum, mit Petra zu reden. Sie war angespannt und ließ seit Tagen ihre schlechte Laune an ihm aus.

„Schnauf nicht so laut!“, fauchte Petra.

„Meine Allergie“, verteidigte sich der Sensenmann, und versuchte geräuschlos durch den offenen Mund zu atmen.

„Mach den Mund zu!“, befahl Petra. „Du siehst aus, wie ein Karpfen, der nach Luft schnappt!“

Der Sensenmann versuchte geräuschlos zu atmen. Er wusste nicht genau, was sie getan hatte. Irgend was mit Gift. Tage lang hatten sie jetzt die putzmuntere Neumann beschattet, und Petras Laune wurde jeden Tag schlechter. Irgend etwas musste schief gelaufen sein.

„Scheiße“, sagte Petra, als der Jaguar vor dem Mainzer Gift-Zentrum hielt. Die Neumann stieg aus, brachte etwas hinein, und fuhr weiter. Der Sensenmann traute sich nicht, Fragen zu stellen, auch nicht, als der Jaguar in Walluf vor der Tierklinik hielt. Eine Tierärztin kam heraus. Die beiden Frauen unterhielten sich rauchend. Dann legte die Neumann das Bündel auf die Kühlerhaube, und wickelte es aus.

„Du hast ihre Katze getötet!“, sagte der Sensenmann voller Empörung und Betroffenheit.

Petra schlug ihm ohne Vorwarnung ins Gesicht: „Halt die Schnauze, du Memme!“

„Bitte untersuchen sie das Tier genau“, sagte Luise zu der Ärztin. „Ich will wissen, mit was für einem Zeug Kaiser Commodus vergiftet wurde.“

Lehrjahre sind keine Herrenjahre

„Hallo, hier bin ich", sagte Hanna. „Was gibt's zu tun?"

Die drei Detektive und der Dackel glotzten blöde. Sie hatten die Schülerin vergessen. Dann drängelten alle vier nach vorne, um ihr die Hand zu geben. Franky flitzte schnell vor die Tür, um das „Oral Office" mit Edding unkenntlich zu machen.

„Meedsche, willste was tringe?", fragte Karl.

Mit Blick auf die Gläser lehnte sie dankend ab. Einen solchen Saustall hatte sie noch nie gesehen.

„Kannste e bissje mit Kombjuder umgehe?"

„Ja", sagte Hanna.

„Hoste en Führerschoi?"

„Ich habe den Führerschein auf Probe."

Karl war begeistert. Er stieg sofort mit Herbert und Rudi ins Auto. „Fahr los!"

„Wohin?"

„Frühschoppe mache."

Sie fuhr die drei nach Nackenheim „zu de Sanse-Brieder". Karl erklärte ihr unterwegs, wie gewissenhafte Detektive arbeiten. „Dess iss moi Praktikandin!", rief er stolz, und stellte sie Wirt Otto vor. Von der Gaststätte „Zum Leinreiter" ging es nach Nierstein. Sie setzten mit der Fähre auf die andere Seite und landeten in Ginsheim im Anglerheim. Dort trafen sie „de Scheppe" und Lucky. Mit denen erzählten sie Anglerlatein. Dann kauften sie bei Tortenbäckerin Ina in der Hauptstraße Kuchen. Damit war der erste Arbeitstag fast beendet.

Karl: „Saach bloß nix de Erna!"

Erna lud die Praktikantin zu Kaffee und Inas Torte ein. „Unn?", fragte sie grinsend. „Hoste was gelernt bei dene Artiste? Was schreibste dann ins Berischtsheft?"

„Sie verlässt den Weinstand,

und geht zum Parkplatz“, sprach Kaktus leise ins Handy. „Die Säuferin trägt eine hellgrüne Bluse.“

Peter lauerte unauffällig am Parkplatz. Als die Frau ins Auto stieg, und losfuhr, rief er die Polizei an, und gab das Kennzeichen durch.

„Das war heute schon der dritte Alkoholstraftäter“, sagte Kaktus erregt. Bis jetzt hatten sie zwei angetrunkene Autofahrer und einen völlig besoffenen Radler erfolgreich denunziert. Sie waren auf der Pirsch, und sie brachten ihre Opfer zur Strecke. Adrenalin floss durch die Adern der stocknüchternen Jäger. Es war ein heißer Sonntag, und der Weinstand in Walluf am „Fässje“ war proppenvoll. Ein ideales Jagdrevier.

Es erforderte viel Übung und Konzentration. Sie mussten unauffällig beobachten, und sich merken, wer wie viel trank. Deshalb waren sie nie zweimal am selben Platz. Aber Kaktus und seine Mitkämpfer kämmten systematisch alle Weinprobierstände zwischen Eltville und Hochheim durch. Ihr Ziel war das alkoholfreie Rheingauer Kalifat. Es war zwar ekelhaft zwischen all diesen Säufern zu sitzen, aber es musste sein. Die Welt sollte nüchtern werden, und dafür musste die Droge Alkohol ausgerottet werden. Dafür gab es die NSAEV.

Bis der Weinprobierstand um 22 Uhr schloss, hatten sie sechs Alkoholstraftäter erlegt. Den Erfolg feierten sie mit Mineralwasser und Veggy-Burgern in Kaktus Wohnung. Um 00:37 Uhr kamen der Sensenmann und Petra dazu.

„Die Neumann schläft tief und fest“, meldete der Sensenmann und übergab das Überwachungsprotokoll.

„Die schläft bald für immer!“, sagte Kaktus, und sah Petra an. Petra nickte entschlossen.

„Haben sie Feinde?“,

fragte der Polizist. „Privat oder geschäftlich?“

„Quatsch“, sagte Luise. „Ich habe weder private Leichen im Keller, noch mache ich krumme Geschäfte mit schrägen Gestalten.“

Der Beamte sah noch einmal die Unterlagen durch, die sie mitgebracht hatte. Die glaubwürdige Stellungnahme der Firma, deren Mitarbeiter garantiert nicht an dem Fahrstuhl herumgefummelt hatten, was zu dem unerklärlichen Unfall geführt hatte. Eine Erklärung von Waffen-Bassing, dass die Firma weder in den letzten noch in den nächsten 100 Jahren Stammkunden mit Schweizer Schokolade verwöhnte. Die tierärztliche Bestätigung, dass die Katze vergiftet worden war. Und die Bestätigung des Giftzentrums, dass die Schokolade auf dem Weg zum Labor verschlampt worden war, weshalb kein Analyseergebnis vorlag. Die B-Probe war auch weg.

„Wenn sie wenigstens noch etwas Schokolade hätten, dann könnten wir eine zweite Analyse ...“

„Die Schokolade ist verschlampt worden!“, zischte Luise, die das halbe Giftzentrum rund gemacht hatte.

„Ich kann öfter eine Streife bei Ihnen vorbei schicken“, sagte der Beamte. „Ohne sichere Anhaltspunkte für eine konkrete Gefährdung ihrer Person dürfen wir nicht mehr tun. Ansonsten empfehle ich Ihnen, die Sicherheitsvorkehrungen dem technischen Standard anzupassen.“

„Danke!“, zischte Luise wütend und ging einen Kaffee mit Cognac trinken. Die Broschüren über Alarmanlagen, Videokameras und sonstiges Galama warf sie unterwegs in einen Mülleimer. Aber da kam ihr eine Idee. „Ich muss ja nicht nur auf Tiere schießen“, murmelte sie, zahlte, stand auf, und ging.

Der Rückfallfurz

Er hatte es wirklich getan. Gestern an seinem freien Tag. Diese ekelhafte, widerliche Sucht! Er hatte dagegen gekämpft. Stundenlang hatte er am Computer Filme über Hühner-KZ's und Schweinemastbetriebe angesehen. Aber es half nichts. Das Verlangen war stärker. Und bevor er wusste, was er tat, war er in eine Metzgerei gerannt, hatte eine Fleischwurst gekauft, und sofort gefressen. Eine ganze Bio-Fleischwurst!

Mit furchtbaren Gewissensbissen hatte er sich ewig lange die Zähne geputzt. Aber eben, mitten im Gruppengespräch musste er laut furzen. Alle Veganer rochen sofort den bestialisch stinkenden Fleischwurstfurz.

„Du Schwein!", brüllte Petra angewidert. „Du widerliches Schwein!"

„Ein schwerer Rückfall", sagte Kaktus ernst.

Dann fiel die ganze Gruppe über ihn her, und drehte ihn durch die Mangel. Eine Stunde lang, bis er heulend zusammenbrach.

„Deine Disziplinlosigkeit gefährdet die ganze Gruppe", sagte Kaktus. „Wie sollen wir dir noch vertrauen?"

Sie stimmten ab. Mit vier zu drei Stimmen wurde sein Ausschluss abgelehnt. Er bekam Bewährung, weil er wenigstens eine Bio-Fleischwurst gefressen hatte.

Der Sensenmann hatte panische Angst davor, aus der NSAEV ausgeschlossen zu werden. Hier hatte er seine einzigen sozialen Kontakte. Er war nicht schuld. Wenn Fleisch endlich verboten wäre, dann könnte man keines kaufen, und keinen Rückfall begehen!

„Ich werde mich bewähren", schluchzte er. Er war fest entschlossen, alles wieder gut zu machen. Der Sensenmann lenkte seinen Hass noch mehr auf Luise Neumann.

„Huch“,

erschrak Luise, als plötzlich ein Mann hinter ihr stand.

„Ei, isch wollt emol gucke, wer do unne im Keller erum wuhlt“, sagte der Hausmeister.

Sie babbelte eine Zigarette lang mit dem alten Veteran. Er arbeitete schon ewig in der Firma. Seit er pensioniert war als Hausmeister, damit ihm nicht langweilig wurde. Sie brachte ihm manchmal frisches Wild mit, und er ihr einen frisch geschlachteten Stallhasen. Er ging wieder nach oben, und ließ seine Chefin allein.

Früher war ihr das nie passiert. Sie war nie erschrocken, nur, weil jemand hinter ihr stand. Sie war nicht schreckhaft. Aber das hatte sich geändert seit dem Vorfall mit dem Fahrstuhl. Und es wurde schlimmer, seit die Katze vergiftet worden war.

Luise kruschelte weiter. Ein großer Kellerraum unter ihrer Firma war privat. Nur sie hatte den Schlüssel. Hier lag alles, was sich in einem 70jährigen Leben ansammelt, und nicht gebraucht wird. Manchmal brauchte man halt doch etwas von dem alten Plunder! Endlich fand sie den kleinen alten Koffer ihres Vaters. Sie nahm das verstaubte Ding mit nach oben in den fünften Stock, in ihre Wohnung. Dort holte sie die Pistole aus dem ölgetränkten Lappen. Ihr Vater hatte sie sich besorgt, damals, als Unternehmer noch Bargeld mit sich herumschleppten. Es war eine Wehrmachtspistole. Sie ging zu ihrem Waffenschrank, wo das Jagdgewehr mit dem Zubehör verwahrt war. Sie nahm die Pistole auseinander, reinigte sie, setzte sie zusammen, drückte ein paar mal leer ab, und schob das Magazin mit den neun Patronen hinein. Ab jetzt würde sie das Ding in der Handtasche bei sich tragen. Und damit schießen. Wenigstens ein Mal. Morgen!

„Frau Napp!“,

sagte die Mieterin Schtolte mit ihrer sägenden Stimme, die bohrende Kopfschmerzen verursachte.

„Wass iss dann schon widder?“, fragte Erna genervt.

„Ihr Mann war heute Nacht wieder sehr laut! Wir konnten stundenlang nicht einchlafen!“

„Isch hab nix gehört“, log Erna Napp, und gab ihr einen mit. „Wer de ganze Daach beim ZDF nix schafft, der schläft halt schlescht.“

„Das ist eine Unverchämtheit, und ...“

„Tschee!“, sagte Erna, und knallte die Tür zu.

„Die Schtoltes“, erklärte Vermieterin Napp, „sinn die bleedesde Mieder, die wo's gibt!“

Erna machte gerade die Nebenkostenabrechnung, und zeigte der Praktikantin alle Kniffe, „damit disch kään Vermieder verarsche kann.“ Nebenbei schilderte sie das Privatleben aller Hausbewohner. Zum Beispiel, dass der Restaurantkritiker Heribert Schtolte eine perverse Pornosammlung besaß, die er vor seiner Frau geheim hielt.

Hanna: „Du könntest als Detektiv arbeiten.“

„Bist du depp? Was soll isch dann noch alles mache!“ Dann erklärte Erna, dass sie wegen den Schtoltes eigentlich gar keine Akademiker mehr als Mieter wolle.

„Und warum nimmst du trotzdem welche?“

„Was soll isch dann mache? Es gibt jo fast nur noch Agademigger. Bald musste Bätscheler off Logistick schtudiere, um Gabbelschtapler fahre zu derfe!“

Hanna lachte sich halbtot. Sie hatte keine Lust mehr, für den Chef Kneipentaxi zu spielen. Von Erna konnte man mehr lernen, als von Karl und den Detektiven. Und weil sie Biologie studieren wollte, fragte Erna: „Hoste Lust, mit mir e bissje im Garde zu schaffe? Als Pragdigum.“

„Der alte Jaguar braucht mindestens 20 Liter!“,

zischte Petra. Aus Tarnungsgründen folgten die beiden Autogegner Luise Neumann in einem neuen Leihwagen.

Der Sensenmann sagte nichts. Petras schlechte Laune war heute noch schlechter. Er saß auf dem Beifahrersitz und versuchte sich so klein und unauffällig wie möglich zu machen, was mit 1,90 Meter nicht einfach war.

„Du sollst nicht immer die Nase hochziehen!“

„Meine Allergie“, jammerte der Sensenmann schniefend, und schnäuzte in ein verrotztes Baumwolltuch, um keine klimafeindlichen Wegwerftaschentücher zu benutzen.

Es war klar, was die fanatische Veganerin und Jagdgegnerin Petra so wütend machte. Die Neumann war vor 40 Minuten in Mainz in ihren Jaguar gestiegen. In grüner Jagdkleidung, bewaffnet mit Fernglas und Gewehr. Jetzt nahm sie die Abfahrt von der A63, fuhr an die Tankstelle in Kirchheim-Bolanden und stoppte an der Zapfsäule.

„Tanken!“, befahl Petra, obwohl der Tank fast voll war. Der Sensenmann stieg aus und tankte den Leihwagen voll. An der Kasse griff er ein paar Bonbons, legte sie aber aus Angst vor Petra wieder zurück, weil sie nicht 100 Prozent veganisch-korrekt waren.

„Der Wagen fährt irgendwie komisch“, sagte Petra.

Der Sensenmann sagte dazu nichts, weil er keinen Vergaser von einer Lichtmaschine unterscheiden konnte.

10 Kilometer hinter Kibo stellte die Fleischfresserin am Waldrand vom Donnersberg ihren Jaguar ab, und ging mit umgehängtem Gewehr zu Fuß weiter.

„Du bleibst hier!“, befahl Petra. „Ich kann jetzt niemand gebrauchen, der schlapp macht!“

Sie hatte ja recht. Sein Kreislauf könnte wieder versagen, die Allergie zu einem Niesanfall führen, oder ...

„Was willst du tun?“

„Geht dich nix an!“, sagte Petra, und folgte der faschistischen Tiermörderin in gehörigem Sicherheitsabstand.

Luise ging ein paar hundert Meter bis zu einer Lichtung. Bevor sie auf den Jagdsitz kletterte, prüfte sie sorgfältig, ob die Stützen nicht angesägt waren. Das kam immer öfter vor. Oben packte sie die Thermoskanne mit Kaffee und den Flachmann mit Cognac aus dem Rucksack. Das ungeladene Gewehr stellte sie neben sich. Langsam wurde es dunkel. Sie wollte nichts jagen, sondern etwas ausprobieren. Das ging hier im einsamen Wald am besten. Als es dunkel war, nahm sie die Pistole, lud durch und schoss in die Luft. Tatsächlich, das uralte Ding und die alten Patronen funktionierten. Ein gutes Gefühl. Dann blieb sie noch lange sitzen, um nachzudenken. Sie dachte darüber nach, wie sie Ehemann Nummer Vier loswerden könnte. Der ging ihr mehr als nur auf die Nerven.

Die veganische Tierschützerin fühlte grenzenlose Wut, als sie den Schuss hörte. Sie lief wieder zurück. Wie alle in der Gruppe, kam auch Petra aus gutbürgerlichem Haus. Ihre Eltern besaßen eine große Autofirma. Sie kroch mit der Taschenlampe unter den Jaguar und zückte einen Seitenschneider. Dann ging sie zum Leihwagen.

„Was hast Du getan?“, fragte der Sensenmann.

„Geht dich nix an!“, zischte Petra und fuhr los. Aber der Leihwagen fing an, zu stottern. Bald hüpfte er wie ein Kangoroo, und stieß schwarze Qualmwolken aus.

„Was hast Du getankt?“

„Diesel“, sagte der Sensenmann.

„Idiot!“, brüllte Petra, und langte ihm eine. Der neue Leihwagen war ein Benziner. Als das Auto stehen blieb, stieg sie aus und ging wütend zu Fuß weiter.

„Petra, wart auf mich!“, rief er schniefend hinterher.

Liebe Leser!

Dess Geschreibsel, dess wo hier schtehe soll, schteht schunn ganz vorne am Anfang. Die Sach mit dene dorschgeschnittene Bremsleidunge von de Beißzang ehr'm Jaguar! Dobbelt muss mer den Kokolores a net lese. Außerdem kost Büscher drugge losse Geld, unn mer solle jo Babier schpare. Werthaldisch, nachhaldisch, klimaneutral unnsoweider.

Abber gebt acht: Gleisch kommt de Karl Napp dezu! Damit der Dollbohrer endlisch was zu schaffe hot. Unn damit die goldisch Pragdigandin Hanna ebbes lernt, wo se in's Berischtsheft schreiwe kann.

Weiderhin viel Schpaß beim Lese wünscht:
De Audor.

PS: Kaaft net so viel Büscher im Indernet! Dess macht de Buchhandel ganz kabutt. Unn geht mer rischdisch uff de Sack. Isch bin nämlisch im Zivilberuf Briefträäscher. Eier Briefkäste sinn sowieso immer zu klää! Am schlimmste sinn die bleede Schtudente. Die sinn all indernetbeschtellsüschdisch. Noch schlimmer sinn dabbische Physiglehrer, die wo net kapiern, dass digge Büscher im DIN-A-4-Format zu groß fer schmale DIN-A-5 Briefkäste sinn! Soll isch die Dinger mit em Hammer enoi klobbe, odder wass?! Die Allerschlimmste sinn abber die Dollbohrer, die wo ...

„Ei Guude, du alt Schlamp!“,

plärrte Fleischworschttoni erfreut ins Telefon. „Alles klar unne rum?“

„Gar nix ist klar“, sagte Luise. „Du hast neulich von diesem Privatdetektiv erzählt. Ist der gut?“

„De Meenzer Hutsimpel?“, lachte Toni. „Der iss gar net so bleed, wie er aussieht, ha, ha.“

„Gib mir seine Nummer!“

„Wart. Isch nemm disch emol mit“, blökte Toni. Er tappte mit dem Händi in die Sauna und brüllte: „Beißzang ruft Hutsimpel! Bidde kommen!“

„Gib her!“ , sagte der Pate der Mainzer Handkäsmafia. Brezelmüller nahm das Telefon: „Hallo Luise. Der Detektiv heißt Karl Napp und ist am besten privat zu erreichen. Meistens geht seine Frau Erna dran. Hier die Nummer ... Wir sind demnächst ein paar Tage an der Cote D'Azur. Kommst du auch?“

„Gute Idee“, sagte Luise, legte auf, und rief an.

„Ja?“, krähte Erna Napp ins Telefon.

„Guten Tag. Hier spricht Luise Neumann. Ich möchte den Privatdetektiv Karl Napp sprechen.“

„Der Hutsimpel kommt um 12 zum Esse. Isch schreib die Nummer uff. Alla Tschee.“

„Neumann?“, fragte Karl schmatzend beim Essen. „Kenn isch nit.“

„Abber isch kenn die irschendwo her“, grübelte Erna, und fing an zu lachen. Aus ihrer Zeit beim Brenningmaier kannte sie Luise Neumann! Als Schrecken aller Verkäuferinnen. Viele Mainzer nannten sie einfach ...

„Dess iss doch die Beißzang von Meenz!“, sagte Erna.

„Ui, ui, ui“, rief Karl, und rief sofort zurück. Endlich hatte er die Chance, Ernas Aufträgen zu entkommen.

„Nehmen Sie im Vorzimmer Platz“, sagte die Sekretärin. Sie gingen ins Vorzimmer und machten Platz. Das Wartezimmer war gediegen. Oben eine hohe Decke mit Stuck, und unten ein Teppich, der so dick war, dass man bis zu den Knöcheln darin versank. An der Wand hing eine große, alte Beißzange. Offensichtlich ein Geschenk der Angestellten. Darunter stand: „Für die Chefin zum 70. Geburtstag“. Die beiden Detektive setzten sich auf eine Couch. Dabei tauchten die Ärsche so tief in das weiche Leder, dass die Knie fast auf Höhe der Ohren waren.

Sie waren nicht alleine. Eine riesige Dogge lag in der Ecke und beobachtete die Fremden sehr aufmerksam.

„70 Kilo“, schätzte Karl. Er meinte das Gewicht.

„Eher 80“, sagte Herbert, als der Riesenköter aufstand, und knurrend auf sie zukam.

„Der beißt uns de Kopp ab“, murmelte Karl. Weil sie so tief saßen, blickten sie auf Augenhöhe genau in das sabbernde Maul der Dogge. Der Hund hatte Mundgeruch.

Wenigstens gab es einen Aschenbecher. Herbert zündete sich vorsichtig einen Stumpen an. Dabei machte er keine hektischen Bewegungen, die der Hund falsch verstehen könnte. Die Dogge schnupperte knurrend an dem Zigarrenraucher. Schließlich wendete sich der Köter ab, und legte seinen Kopf auf Karls Bein. Der große Hundekopf war bleischwer.

„Der will gekrault werde“, erklärte Herbert, der Hundeversteher.

Karl streichelte vorsichtig den riesigen Hundekopf, und spürte dabei, wie warmer Sabber auf seine Hose tropfte. Bis sie zum Frauchen gerufen wurden, war die Hose patschnass.

Die Herrin der Dogge residierte im Nikotinnebel hinter einem gediegenen Schreibtisch. In der Ecke stand seltsamerweise ein Sandkasten. *Vielleicht fer die Engelscher*, dachte Karl. Sie stand auf, um ihre Gäste zu begrüßen.

„Ei Guude, isch bin de Karl", sagte Karl, und streckte ihr die Hand hin.

„Na schön, Karl. Ich heiße Luise."

„Unn isch bin de Herbert aus Mummerum."

„Du hast dich mit Nero angefreundet?", fragte sie mit Blick auf die nasse Hose.

„Isch bin e ganz großer Doggefreund", log Karl.

„Abber misch kann der Hund nit leide", maulte Herbert.

„Hast du einen Dackel?"

Herbert nickte.

„Nero riecht das. Er kann keine Dackel leiden. Er killt alle, die er sieht. Das hat mich schon eine Stange Geld und viel Ärger gekostet."

Luise Neumann wusste, was sich gehörte. Höflichkeit alter Schule. Ihre Gäste durften nicht nur rauchen, sondern auch trinken. „Reicht das?", fragte sie.

„Mehr Woi, wenischer Wasser", bat Herbert.

Zwei Weinschorle für die Detektive, für sich einen Cognac, dann kam sie zur Sache.

„Mein Freund, der dicke Brezelmüller, hat euch empfohlen. Bei mir häufen sich in letzter Zeit merkwürdige Zufälle. Zuerst wird der Fahrstuhl manipuliert, dann wird meine Lieblingsschokolade vergiftet, und jetzt versagen die Bremsen am Auto. Da kann eine alte, hilflose Frau wie ich schon mal Angst bekommen."

„Warum rufste nit die Bolizei?"

„Weil ich keine Polizei will. Ich habe den Verdacht, dass mir jemand aus meiner nächsten Nähe ans Leder will. Ich will aber nicht, dass meine Familienverhältnisse breitgetreten werden. Und das dumme Geschwätz der Mainzer Hottwollee kann ich gar nicht gebrauchen."

„Hm", brummte Karl.

„Zuerst müsst ihr wissen, mit wem ihr es zu tun habt." Sie deutete auf ein großes Foto an der Wand. Drauf sah man einen Mann, der eine Kelle schwenkte.

„Mein Vater war Maurer. Er trank wenig und schaffte viel. Von dem gesparten Geld kaufte er ein altes Häuschen, sanierte und verkaufte es. Mit dem Geld kaufte er ein Trümmergrundstück. Mit einem Kredit baute er ein Mehrfamilienhaus. Mit den Mieteinahmen als Sicherheit bekam er Kredit, um das nächste zu bauen. Er gründete eine Baufirma. Er hatte ein gutes Gespür für Geschäfte. Er baute, sanierte, kaufte, vermietete. Ich ging auf's Gymnasium, um Lehrerin zu werden. Mein Bruder sollte die Firma übernehmen. Mit 45 bekam Papa den Rappel. Er trennte sich von meiner Mutter und heiratete seine Sekretärin, 20 Jahre jünger als er. Mit 50 fiel er tot um. Herzinfarkt. Da hatte ich drei Semester studiert. Ich kam zurück, weil die Firma den Bach runter ging. Die ersten Jahre waren hart. Ich hatte zu wenig Ahnung, machte zu viele Fehler. Musste einen Haufen Lehrgeld zahlen."

Aha, dachte Karl. *Jetzt kommt's.*

„Und ich hatte die Familie am Bein. Stiefmutter und Bruder wussten nur, wie man Geld ausgibt. Sie für Schmuck und Trallala. Er für Autos und Koks. Mein Bruder fuhr sich mit seinem Porsche tot, da war ich ihn los. Der Stiefmutter zahlte ich eine großartige Abfindung, damit sie verschwand. Da war ich 25. Seitdem gehört die Firma mir alleine. Heute habe ich 400 Wohnungen, Gewerbeimmobilien und ..."

Aha, dachte Karl. Jetzt war klar, warum „die Beißzang" so hieß. Sie benahm sich nicht so, sie war der Chef.

„Für's Geschäft habe ich ein Händchen, aber mit Männern habe ich immer Pech. Dreimal geheiratet, dreimal geschieden. Mein vierter ist der größte Nixnutz!"

Karl und Herbert sahen ungläubig auf das Foto. „Iss dess en Schilehrer?", fragte Herbert glucksend.

„Im Winter Skilehrer, im Sommer sonstwas. 17 Jahre jünger als ich. Den hab ich mir vor acht Jahren im Urlaub in der Schweiz eingefangen."

Karl versuchte sich zu beherrschen. „Unn der soll ...?"

„Ich weiß es nicht. Natürlich betrügt mich der Bursche ab und zu mit Jüngeren. Kann er ja tun, wenn er es diskret macht. Bisher hielt ich ihn für einen harmlosen Schaffnix, der von meinem Geld lebt. Aber inzwischen weiß ich nicht mehr, was ich glauben soll."

„Also, mir solle den Borsch übberwache."

„Männer werden komisch, wenn sie 50 sind. Auf neudeutsch hat er die Midlife-Crisis, aber das ist Quatsch. Michaels Hirn ist nur hinter dem Alter zurückgeblieben."

Luise schob ein paar Notizen über den Schreibtisch, und erwähnte, dass er Österreicher sei.

Karl: „Iss die Midleifkreisis bei dene Schluchtekacker schlimmer, als wie bei normale Mensche?"

Luise zuckte mit den Schultern. „Außerdem kann er absolut nicht mit Geld umzugehen. Er liegt auf meiner Tasche. Das geht ihm schwer auf die Nerven. Ein Skilehrer hat in Mainz halt wenig zu tun. Er will, dass ich ihm ein Fitnesscenter kaufe. Da kann ich mein Geld gleich in den Rhein werfen! Es reicht, dass ich ihm ein Spielzeugboot gekauft habe, damit er sich im Winterhafen als Wasserkilehrer wichtig fühlt."

Mit diesem Schlusswort beendete Luise die Audienz.

„Da siehste widder, dass reische Leit aach ihr Probleme habbe", sagte Herbert draußen.

„Unternehmen Schluchtenkacker“

taufte Karl den Auftrag. Im Kompetenzzentrum wollte er die Notizen von Luise sortieren, fand aber seine Lesebrille nicht. „Frängie, mach emol!“

Franky las, dass der Bursche am Winterhafen in einer ihrer Wohnungen wohnte. Man konnte vom Büro zu Fuß hin laufen, um ihn zu observieren. Dort lag auch das Boot. Franky rührte im Internet herum, und landete auf seiner Facebookseite. Dort sah man nur Fotos von ihm, die mindestens 20 Jahre alt waren. Und dumme Sprüche wie „Mein Body ist mein Kapital“ gab es zu lesen.

„Hoho“, lachte Herbert. „Frängie geb acht, dass de net aach so werst!“

Jedenfalls war er eine sportliche Wunderwaffe mit „USA-Erfahrung als Personal-Trainer“. Vorher war er aber im Nationalkader Ski gefahren, bis eine dramatische Rückenverletzung bei einem sensationellen Sturz den totsicheren Weltmeistertitel verhindert hatte. Eine „international erfolgreiche Filmkarriere als Actiondarsteller“ hatte er auch schon auf dem Buckel, und ...

„Dess muss jo e Mordskardoffel soi!“, staunte Karl.
Jetzt blieb nur noch die Frage, welcher Meisterdetektiv vom Kompetenzteam „ebbes schaffe“ sollte.

„Isch mach nix, weil isch de Äldeste bin“, erklärte Qualitätsmanager Herbert, und sah Karl an.

„Isch schaff nix, weil isch de Scheff bin“, sagte Chief-Executive-Officer Karl, und sah Franky an.

Chief-Assistant Franky schnappte sein Händi und rief an. Als sich eine Stimme mit Zwockel-Akzent meldete, legte er auf, und fuhr mit dem Rad zum Winterhafen. Das großartige Unternehmen Schluchtenkacker lief an.

Woanders liefen ganz andere Unternehmen an.

Der Antirauchertag

war diese Woche am Mittwoch. Bei der NSAEV stand jeder Tag im Zeichen des Kampfes. Heute schwärmten sie aus, um die tödliche Nikotinsucht zu bekämpfen. Sie legten sich in Mainzer Kneipen auf die Lauer, beobachteten, welche Wirte gegen das Rauchverbot verstießen, und denunzierten die beim Ordnungsamt.

Kneipen waren eben nicht nur Brutstätten des Alkoholismus, und Tempel der Fleischfresserei. Oft erlaubten Wirte zu später Stunde ihren betrunkenen Gästen das Rauchen. Neulich hatte sich der dusselige Sensenmann sogar erwischen lassen, wie er heimlich Raucher in einer Kneipe fotografierte, und dabei eine Backpfeife eingefangen. Das waren persönliche Opfer, die Kaktus mit „Sonderpunkten“ belohnte.

Bei der anschließenden Gruppensitzung ab 01:30 Uhr sollte die heutige Aktion dokumentiert werden. Sechs Tage waren dem Kampf gegen die Fleischfresserei, den Alkohol, das Nikotin, den Rassismus gewidmet. Einen Tag in der Woche hatten die Gruppenmitglieder zur freien Verfügung. Aber Sektenführer Kaktus sah es gern, wenn man auch in der Freizeit kämpfte. Das gab Sonderpunkte für außerordentliches Engagement, und erhöhte das Ansehen in der Gruppe. Im Kampf für eine bessere Welt gab es keine Freizeit!

Um keine Routine einreißen zu lassen, änderte Kaktus ständig die Wochenpläne. Nächste Woche würden sie schon am Dienstag gegen die Nikotinsucht kämpfen, und am Mittwoch eine Sonderaktion gegen Rassismus starten. Eine Demo vor dem Firmengelände der Firma Neger.

„Wo bleibt denn Peter?“, fragte Sektenführer Kaktus. Es war 01:30 Uhr. Die Gruppensitzung sollte beginnen.

„Ei sischer!“, blökte Fleischworschttoni in sein Smartphone. „Die Beißzang kommt aach!“

Tonis Stimme dröhnte laut und deutlich durch das Restaurant „Incontreau“ in der Augustinergasse. Einmal in der Woche tafelte die Mainzer Handkäsmafia mindestens hier. Schmeckte ja auch saugut.

„Do losse mer rischdisch die Wutz raus!“, schrie der gelernte Metzgermeister begeistert in sein Telefon. „De Brezelmiller, de Hohlblockfriedel unn isch!“ Und nach einer Pause. „Nä! Die Luise kommt erst nächst Woch, unn bleibt nur e paar Daach!“

Niemand beachtete den einsamen Gast, der zu später Stunde an seinem Salat kaute, und ein Wasser trank.

„Sankt Raphael bei Frejus“, plärrte Toni und buchstaberte noch lauter die Adresse. „Kannste nit verfehle, mir habbe es greste Haus im Ort. De Luise ihr klää Heisje iss grad 100 Meter weider.“

Der Salatesser notierte sich aufmerksam jedes Wort.

„Nä!“, brüllte Toni. „Unser Jacht iss zu groß fer de alde Hafe. Dort basst nur de Beißzang ihr klääanes Bootsche enoi, ha, ha. Unser Schiff iss im neie Hafe, unn ...“

Als der Salatesser das Restaurant verließ, befahl der Wirt geschlossene Gesellschaft und gab Raucherlaubnis. Tonis Geplärr hatte alle übrigen Gäste vertrieben.

Peter raste zur Gruppensitzung und machte Meldung. Kaktus schrieb eine Belobigung in seine Personalakte.

Petra und der Sensenmann buchten einen Flug nach Cannes. Sie saßen im selben Flieger wie Luise Neumann. Die kam auf eine Schnapsidee: Drei Tage Kurzurlaub für Karl Napp an der Cote A’zur in St. Raphael. Ein Ticket hatte sie sowieso übrig, weil sie ihren Ehemann nicht mitnahm. Der Urlaub sollte die Detektive motivieren. Die sollten nicht nur wegen Geld für sie arbeiten.

„Ah Servuus“,

sagte Meikel mit Wiener Schmäh, und begrüßte seine Kundin mit Bussi-Bussi. Routiniert machte er ein wenig Small-Talk und spendierte einen Kaffee am „Bootshaus“ zwecks Kundenbindung. Dabei schob er seine Sonnenbrille hoch auf die blonde Mähne, damit sie tief in seine stahlbauen Augen schauen konnte.

Sandra, so hieß sie, wollte heute zum ersten Mal im Leben Wasserski fahren. Dafür hatte sie sich extra einen schicken Bikini gekauft. Meikel setzte schnell wieder die Sonnenbrille auf die Nase, als er sah, dass sie dünne Puddingbeine ohne Muskeln, und die Körperspannung einer Nacktschnecke hatte.

„Gemma“, sagte Meikel, und ging mit ihr zum Boot. Bevor sie einstiegen, prüfte er ihre Koordinationsfähigkeit. Als sie kurz auf einem Bein stehen sollte, fiel Sandra fast um, weil sie beweglich wie ein Amboss war.

„Jo mei“, sagte Meikel und fragte: „Koonst Schi foarn?“

„Eher nicht so ganz supergut“, sagte Sandra.

„Koonst schwimmen?“, fragte er zur Sicherheit.

„Natürlich!“, sagte Sandra, und fiel fast ins Wasser, als sie ungeschickt ins Boot einstieg.

Dös wird nix, dachte Meikel, setzte sich ans Steuer und fuhr langsam aus dem Winterhafen. Dabei bewunderte er im Rückspiegel den Bizeps seines linken Arms, der lässig auf der Reeling lag. *Für 53 seh ich immer noch saugut aus*, dachte Meikel und gab Gas.

Neben ihm schoss Sandra Selfies und schickte sie über Whatsup an Gott und die Welt.

„Voll geil!!“, schrieben ihre Freundinnen zurück.

„Ah gäh“, seufzte Meikel, steckte eine Marlboro an, und bewunderte sich im Spiegel. *Geiler Body*, dachte er.

„Was fer'n Aff!", sagte Karl Napp und meldete Franky, dass der Schluchtenkacker eben losgefahren sei.

Franky saß bei Rheinkilometer 500 am Kasteller Ufer, und beobachtete mit dem Fernglas die Wasserskistrecke. Zur Tarnung hatte er eine Spielzeugangel in den Rhein gehängt. Aber das Zuschauen war deprimierend.

„Jo mei!", seufzte Meikel und stoppte das Boot, bis die Leine wieder gespannt war. Sandra hing wie ein nasser Sack im Rhein und schnappte nach Luft.

„Gemma!", rief er, und gab Gas, aber sie kam einfach nicht aus dem Wasser. Kraftlos ließ sie die Leine los.

Dös wird nix, dachte Meikel und baute den Auslieger auf. Jetzt durfte sich die sportliche Sandra neben dem Boot schnaufend an der Stange festhalten.

„Gemma!", rief Meikel und fuhr los. Aber sie hatte keine Kraft mehr. Einmal schaffte sie 10 Meter und hatte dabei eine Körperhaltung wie beim Kacken.

„Jo mei", seufzte Meikel, zog die völlig Erschöpfte ins Boot, und fuhr zurück in den Winterhafen.

„Waserschifaren ist voll assi!", schrieb Sandra, und watschelte steifbeinig aus dem Hafen. Alles tat ihr weh.

Meikel ging ins Malakoff, um drei Stunden im Fitness-studio zu verbringen. Zwei Drittel der Zeit stand er vor dem Spiegel. Dann ging er hoch in seine Wohnung.

„Er sitzt auf dem Balkon", meldete Franky um 19 Uhr.

„Er guckt in den Spiegel", meldete Franky um 20 Uhr.

„Er guckt Fernsehen", meldete Franky um 21 Uhr.

„Er macht das Licht aus", meldete Franky um 23 Uhr.

„Frängie, mach Schluß!", befahl Karl um 23:35 Uhr.

„Wo bist du?"

„Beim Ginder in de Weintorklause."

Im Hintergrund hörte Franky Herberts Gebabbel und Rudis Gekläff.

Ein psychologisches Gutachten

„Sehr gut“, lobte sich Kaktus um 23:45 Uhr. Vor ihm lag das Gutachten, das er erstellt hatte. Es bestand aus allen Phrasen, die er in 14 Semestern auswendig gelernt hatte. Dafür hatte er schließlich Psychologie studiert.

Erstens, sie rauchte. Damit gefährdete sie nicht nur die Gesundheit ihrer Mitmenschen, sondern verhinderte, dass Ackerflächen für Lebensmittel genützt wurden, statt für die Droge Nikotin. Luise Neumann war für den Welthunger verantwortlich!

Zweitens war sie eine „abnormale Trinkerin“. Mit ihrer Alkoholsucht gefährdete sie Mitmenschen, nicht nur als Verkehrsteilnehmerin. Der Anbau von Weinreben, zum Beispiel in Rheinhessen, blockierte Ackerflächen für vegetarische Lebensmittel. Die Droge Alkohol – also Luise Neumann – tötete Menschen!

Drittens war sie eine Fleischfresserin, und damit verantwortlich für die KZ-Haltung von Tieren. Tierhaltung zum Fressen war Rassismus, und der Anbau von Viehfutter blockierte Ackerflächen für vegane Lebensmittel. Menschen mussten verhungern, damit sich Luise Neumann Tierfleisch in den Rachen stopfe!

Viertens fraß sie nicht nur Fleisch, sondern ermordete sogar Tiere. Als Jägerin empfand sie Lust beim Töten! Hier zeigte sich das ganze Ausmaß ihrer agressiven Brutalität. Nach Belieben hielt sie Tiere als Spielzeuge, oder empfand Lustgewinn, indem sie Rehe ermordete. Sie fühlte sich als Herrin über Leben und Tod.

Fünftens zeigte sich ihr asozialer Geltungsdrang in der beruflichen Tätigkeit als Inhaberin einer Immobilienfirma. Sie machte Profit mit menschlichem Wohnraum!

Sechstens war sie nicht bereit, Hilfe durch einen Psychologen anzunehmen, um ihr kriminelles Leben zu ändern. Sie hatte sogar eine negative Grundhaltung zur Wissenschaft der Psychologie überhaupt!

Wissenschaftlich gesehen, gab es im Fall Neumann keine Aussicht auf eine günstige Sozialprognose. Im Gegenteil: Diese Frau stellte eine extreme Gefahr für die Allgemeinheit und den Weltfrieden dar. Trotzdem war es angeblich legal zu rauchen, Alkohol zu trinken, Fleisch zu fressen und zu jagen. Da der deutsche Staat nicht willens war, die Intensivtäterin unschädlich zu machen, musste die NSAEV diese Aufgabe übernehmen!

Kaktus war nicht der einzige Wahnsinnige unter den 98000 „Seelenkundlern" Deutschlands. Psychologen sind die Berufsgruppe mit dem höchsten Anteil an seelisch abnormalen Menschen. Niemand kontrolliert sie. Das berühmte „Ermessen des Gutachters" ist grenzenlos. Aufgrund von „negativen psychologischen Gutachten" werden nicht nur Führerscheine verweigert, sondern auch ganz normale Menschen in die Klapsmühle eingewiesen. Aufgrund „positiver Gutachten" werden gefährliche Irre als „geheilt" entlassen, um sofort wieder rückfällig zu werden. Niemand stoppt diese psychologische Willkürherrschaft. Noch nie hat ein Psychologe einen anderen für „abnormal" erklärt, was aber nicht verwunderlich ist. Hackt eine Krähe der anderen ein Auge aus?

„Die Neumann muss eliminiert werden!", sagte Kaktus. Das negative Gutachten war eindeutig. Vor ihm lag ein objektives und wissenschaftlich fundiertes Urteil.

Er rief Petra an. „Sie ist in ihrem Haus in St. Raphael", meldete Petra. „Aber da wohnt auch ihr Hausmeister. Ein Franzose. Sieht ziemlich gefährlich aus, der Typ."

„Sucht ihr Boot!", befahl Kaktus. „Im alten Hafen!"

„Ist das immer so langweilig?“,

fragte Detektivpraktikantin Hanna.

„Nein“, sagte Franky, und gab ihr das Fernglas. „Nur in 99 Prozent aller Fälle ist es so langweilig wie heute.“

Hanna nahm das Glas und sah über den Winterhafen auf den Balkon. Der schöne Österreicher stand in einem String-Tanga vor seinem großen Spiegel und posierte. Das machte er seit genau einer Stunde und 58 Minuten. Das hatte er gestern auch getan. Und vorgestern. Und ...

„Kuck mal nach rechts“, grinste Franky.

Sie saßen am Rheinufer auf dem Dach vom Mainzer Kanu-Club. Rechts neben ihnen war die Wiese mit Studenten bevölkert, die grillten und lungerten. Jeder dritte hatte ein Seil dabei, das mit einem Gurtspanner zwischen zwei Bäumen befestigt wurde. Ein Seilartist mit Bart und Nerdbrille war besonders ungeschickt.

„Ja oder nein?“, fragte Franky.

„Ja“, entschied Hanna.

Der Trottel hatte das Seil zu hoch gehängt. Er balancierte immer zwei Schritte, bis er das Gleichgewicht. verlor. Die Frage war, ob er seitlich abstürzte, oder ...

„Auuuuhhh!“, jaulte der Student, als er breitbeinig auf dem Seil landete, und sich die Eier aufschlug.

Franky seufzte, und ging zum Bootshaus zwei Kaffee holen, weil er die Wette verloren hatte.

So ging das schon den ganzen Tag. Und gestern auch. Nachdem die Praktikantin Hanna Kneipentaxi für Karl Napp gespielt hatte, begleitete sie lieber Franky.

Da rief CEO Napp an: „Gibt’s was neies?“.

„Wo bist du?“, fragte Chief –Assistant Franky.

„Im Rhabanuseck“, sagte Karl. „Muss e paar Pilsjer uff Vorrat tringe. Bei dene Franzose gibt’s kä guud Bier.“

„Das ist eine sehr schwere Alkoholstraftat“,

sagte der Diplom-Psychologe Kaktus todernst, und kassierte 90 Euro für 45 Minuten dummes Geschwätz.

Der Mann vor ihm hatte das schlimme Verbrechen begangen, mit über 1,6 Promille Fahrrad zu fahren. Ein Richter brummte ihm 700 Euro Strafe auf. Die „Fahrerlaubnisbehörde“ verlangte innerhalb von drei Monaten den Idiotentest. Beim 420 Euro teuren Idiotentest fiel er durch, weil ihm niemand die Bedingungen erklärt hatte. Er musste mindestens sechs alkoholfreie Monate, einen MPU-Kurs und verkehrspsychologische Beratung nachweisen, um den Idiotentest zu bestehen. Die Fahrerlaubnisbehörde entzog ihm erst für 130 Euro Gebühr den Führerschein, um 180 Euro für den „Antrag auf Wiedererteilung“ des Führerscheins zu kassieren.

Also blieb der Radfahrer nüchtern, und zahlte 600 Euro für „Alkoholabstinenzkontrollen“. Und 1300 Euro an den Mainzer MPU-Berater Grabmal. Grabmal schickte ihn zum Psychologen Kaktus und warnte: „Der ist renitent!“

Renitent bedeutete, dass der Radfahrer Rechnungen für das Geld verlangte, das er zahlte.

Solche Querulanten mochte Kaktus besonders. Er würde ihm Geld für „verkehrspsychologische Beratung“ aus der Tasche ziehen, und eine unverdächtige Bescheinigung schreiben. Psychologen haben eine eigene Gaunersprache. Deshalb würde der Radler auch beim nächsten Idiotentest im MPU-Institut vom TÜF in Wiesbaden durchfallen. Das war die übliche Strafe für „Renitenz“.

Als der Radler weg war, rief Petra an: „Wir haben im Hafen ihr Boot gefunden. War nicht schwer, weil der alte Kahn ‚Luise’ heißt. Heute Nacht werden wir ...“

„Sehr gut!“, lobte Kaktus todernst.

„Warst Du schon emol in Cannes?“,

fragte Karl, als der Flieger um 09:00 Uhr landete.

„Warum soll isch?“, fragte Herbert zurück. Er machte seit vierzig Jahren Urlaub auf demselben Camping-Platz in Italien. Cannes kannte er nur aus dem Film „Der Polizist von Saint-Tropez“ mit Louis de Funez.

Am Flughafen wurden sie von einem glatzköpfigen Mann abgeholt, der sich in gebrochenem deutsch als Luises Hausmeister vorstellte. Ferdinand, so hieß er, war die Ruhe in Person, pflegte aber einen rasanten Fahrstil. Vor allem hupte er gern. Entweder, um Bekannte zu grüßen, oder um Touristen von der Straße zu scheuchen. Besonders gern überholte er hupend Autos mit deutschen Kennzeichen. Dabei murmelte er jedes Mal: „Incroyable, surtout les Allemands!“

Bei der Fahrt sah man deutlich, dass an der Cote d' Azur der Lack ab war. Wie Pilze schossen überall Aldi und Lidl aus dem Boden. Und zehn Kilometer hinter dem teuren Speckgürtel der Küste sah man nur aussterbende Dörfer. An den herunter gekommenen Häusern hingen Schilder mit der Aufschrift „A vendre“.

„Wie in de Nordpalz seit die Amis weg sinn“, staunte Herbert. „Dort iss aach jedes dritte Haus zu verkaafe.“

„Voila“, sagte Ferdi in St. Raphael, machte eine Vollbremsung, und würgte den Wagen ab. Sie standen in der Einfahrt einer Ferienvilla, an der gebaut wurde. Die Natursteinmauer um das Haus wurde erhöht.

„Die Beißzang hot doch was an de Erbs!“, staunte Karl. Hier mauerte die Chefin persönlich. Luise trug einen schmutzigen Blaumann mit abgeschnittenen Hosenbeinen, und legte krumme Steine einer kerzengerade gespannten Schnur entlang ins Mörtelbett.

„Der Kampf geht bis an die Grenze der körperlichen und psychischen Belastbarkeit“,

notierte Kaktus todernst. Er beobachtete sorgfältig das Verhalten seiner übermüdeten Kämpfer. Mit Beginn der warmen Jahreszeit startete die NSAEV ihre jährliche Großoffensive. Ein antialkoholischer Großkampftag jagte den nächsten. Jetzt kamen alle Säufer aus den Löchern: Widerliche Weinfeste! Ekelhafte Straßenfeste!

Hinzu kam die Mehrfachbelastung durch zwei Sondereinsätze. Mit Aktionen gegen das Ernst-Neger-Logo hatte der Kampf gegen Rassismus in Mainz eine neue Stufe erreicht. Hier bestand die Chance, bundesweit Aufsehen zu erregen. Aber über allem stand die Neumann!

Anspannung und permanenter Schlafmangel forderten Opfer. Hinzu kamen Hitze und vegane Mangelernährung. Kreislaufzusammenbrüche häuften sich. Vor allem der Sensenmann war hier stark gefährdet. Auch bei Peter deutete sich eine problematische Entwicklung an. Ohnehin psychisch labil, kämpfte er mit der Doppelbelastung als wissenschaftlicher Assistent für Ethnologie an der Uni Mainz und seinen Aufgaben in der NSAEV.

Kaktus beschloss, ihm ein psychologisches Gutachten zu erstellen, damit er sich krank schreiben lassen konnte, um sich besser auf den Kampf zu konzentrieren. Das war wichtiger als bescheuerte Seminare über traditionelle Jagdrituale der Inuit in Grönland. „Diese Eskimos sind notorische Fleischfresser!“, sagte Kaktus empört.

Da rief der Sensenmann an: „Petra kauft gerade das Material, um heute nacht das Boot zu präparieren!“

„Was macht dein Kreislauf?“

„Geht so“, jammerte der Sensenmann.

„Durchhalten!“, brüllte der Führer ins Telefon.

„Mauern ist mein Hobby“,

erklärte Luise. „Außerdem fühle ich mich schlecht, wenn ich im Urlaub nur faul rum liege und Boot fahre. Wer mich besucht, muss mitarbeiten. Deshalb kommt keiner, und ich hab meine Ruhe.“

„Alles rodscher“, stimmte Herbert zu. „Nur so werd mer Millionär.“

Ferdi gab ihnen alte Schaffklamotten. Die Rollenverteilung wurde schnell klar. Luise mauerte, Herbert reichte die Steine, Karl musste „de Honjer mache“. Eine Maurerkelle durfte man ihm gar nicht in die Hand geben. Er suchte auch immer die falschen Steine aus. Deshalb wurde er zum „Speißbub“ degradiert. Aber selbst das Mörtelanrühren musste man ihm beibringen. Planlos fuhrwerkte er an der kleinen Mischmaschine herum.

„Drei Schaufel Sand, eine Schaufel Zement!“, befahl Luise. „Muss fest werden wie ein Westwall-Bunker!“

„Net so viel Wasser!“, brüllte Herbert.

„Schpeiß!“, rief Luise, als der Mörtel alle war.

„Bier!!“, rief Herbert, als seine Bierflasche alle war.

„Incroyable, les Fritz“, lachte Hausmeister Ferdi, der am Pool lag.

„Schafft der Franzos nix?“, fragte Karl schnaufend.

„Der Franzos hat heute frei“, sagte die Maurermeisterin.

„Hopp, hopp, hopp!“, rief Herbert.

„Arschtörtscher!“, brummelte Karl, stellte den Schubkarren unter die Maschine, kippte den Mörtelbrei hinein, schob ihn zur Mauer, und fiel mitsamt dem Karren um.

„Wie kann mer so dabbisch soi?“, tadelte Herbert.

„Allein wäre ich fast genau so schnell gewesen“, behauptete Luise, als sie 10 Minuten Pause erlaubte.

„De Karl iss halt net zum Schaffe gemacht“, gab Herbert den Vorwurf weiter.

„Woher kannste so guud mauern?“, schnaufte Karl.

„Papa gab mir nie Taschengeld“, erklärte Luise. „Musste ich mir immer in der Firma verdienen. Hat auch Spaß gemacht, wenn ich morgens die Männer mit dem Bus an allen Wasserhäuschen in Mainz abholte, und abends in den Kneipen absetzte. Meistens war ich mit Maurern oder Tünchern unterwegs. Das war gut, weil mir die Handwerker später nix vormachen konnten. Und Architekten schon gar nicht. Am schlimmsten sind Innenarchitekten. Die haben vom Bau gar keine Ahnung.“

Urlaub a la Luise war anstrengend. Sie arbeiteten bis acht Uhr abends. Alle Werkzeuge mussten blitzblank geputzt, die Baustelle aufgeräumt werden. Nach dem Duschen hatten die Gäste eine halbe Stunde Freizeit am Pool. Dann mussten sie Ferdi beim Kochen helfen. Der Bursche war ein alter Veteran. Auf einem Handrücken war „Bat. D'Af.“ tätowiert, was „Bataillon D'Afrique“, hießen sollte.

„Warst du bei de Fremdeleschion?“, fragte Herbert.

„Oui“, nickte Ferdi todernst. „Isch war fünf Jahre bei die Legion Etrangere.“ Dann machte er eine Kunstpause und lachte grölend. „Als Koch!“

Ferdi kochte gut. Er war ein großer Vertreter der einfachen südfranzösischen Küche ohne Firlefanz.

Es wurde ein schöner Abend. Weniger schön war, dass Luise für sechs Uhr morgens Wecken befahl. „Wir fahren morgen Boot!“

„Unn warum so früh?“, maulte Karl.

„Weil ich immer so früh aufstehe“, erklärte Luise. „Wer den halben Tag verpennt, kommt zu nix.“

„Alles rodscher“, stimmte Frühaufsteher Herbert zu.

„Peter: Du musst mehr für die Gruppe tun!“,

sagte Kaktus todernst. „Die anderen meckern schon!“

„Aber ich muss auch an der Uni arbeiten, und ...“

„Was ist Dir wichtiger?“, fragte Kaktus, und nahm ihn in die Mangel. Als er ging, war sich Kaktus sicher, dass er mehr tun würde. Er nahm Peters Personalakte und trug hinter dem Datum ein: „35 Minuten Einzelgespräch.“

Kaktus führte über alle Mitglieder der Gruppe Personalakten. In seiner wahnsinnigen Kontrollsucht hatte er ein 12-Punktesystem entwickelt, um sie zu bewerten. Dafür hatte er schließlich Psychologie studiert. Wie MPU-Klienten, bewertete er auch seine Kämpfer nach „Positiv- und Negativkriterien“. Das Negative bei Peter war, dass er noch soziale Kontakte außerhalb der NSAEV hatte.

Kaktus sah sich stundenlang Petras Akte an. Er überlegte, ob er sie zur Stellvertreterin befördern sollte. Aber sie war zu hart. Sie begriff nicht, dass Rückfälle nützlich waren, um Mitglieder noch fester an die Gruppe zu binden. Sie mussten Fehler machen, um Reue zu fühlen, wenn sie bestraft wurden, und Dankbarkeit zu empfinden, wenn sie wieder als vollwertige Mitglieder behandelt wurden. Vor allem mussten sie pausenlos beschäftigt werden, um soziale Kontakte außerhalb der Gruppe zu unterbinden. Zur besseren Führung war es auch hilfreich, kleine interne Konflikte zu schüren.

„Petra ist zu dumm, um eine Führungsposition zu übernehmen“, entschied Kaktus, und rief sie an.

„Im Hafen ist es dunkel und ruhig“, meldete Petra. „Wir haben eben das Boot präpariert, und ...“

„Diesä Fleischfresserin möss ausgemerzt werrden!“, bellte der vegane Einsatzgruppenleiter um 23:49 Uhr ins Telefon, und befahl ihren Rückflug für 06:00 Uhr.

„Ratet mal, wem das Ding gehört?“

Ferdi fuhr sie zum Hafen. Aber vorher blieb er vor einem riesigen, sagenhaft hässlichen Ferienhaus stehen.

„Boris Becker vielleicht, odder Lothar Mätthäus?“

„Der Protzbunker“, lachte Luise, „gehört Brezelmüller, Fleischworschttoni und Hohlblockfriedel. Hier machen Mainzer Politiker umsonst Urlaub, damit die Handkäsmafia alle öffentlichen Aufträge der Stadt bekommt.“

Karl sah hoch. An der Spitze eines einbetonierten Schiffsmastes hing die Nullfümferfahne, um die persönliche Anwesenheit der Hausherren zu signalisieren.

„Aufstehen, ihr Nachtkappen! Heute Abend 20 Uhr bei Elly“, schrieb sie auf einen Zettel. Den Zettel wickelte sie um einen Stein, und warf ihn gegen die Fensterscheibe.

„Das mach ich immer so“, sagte Luise, als es klirrte. Zuerst fuhr sie den kilometerlangen neuen Jachthafen entlang. „Hier liegen die Boote der Neureichen“, erklärte Luise, und zeigte kichernd auf ein riesiges, häßliches Ungetüm mit dem Namen „Schiffschebootsche“.

„Das ist das Flaggschiff der Mainzer Handkäsmafia.“ Punkt sieben Uhr betraten sie die „Luise“ im alten Hafen. Das Boot war handliche zehn Meter kurz. Luise prüfte den Ölstand, den Sprit, machte einen Probestart. Ihre Gäste mussten das Boot schrubben. Weil Herbert stolzer Besitzer eines 5-PS-Bootes im Nackenheimer Hafen war, wusste er, was zu tun war. Aber Leichtmatrose Karl brach den Stil vom Schrubber ab. Um 9 Uhr stachen sie in See. Luise zeigte ihnen die Küste.

„Soll isch jetzt Rost abkloppe, unn schtreische?“, fragte Karl um 11 Uhr.

„Ihr habt eine Stunde frei“, sagte Luise, und ankerte in einer Bucht, um mit dem Smartphone ihre Angestellten zu terrorisieren. „Die moderne Technik“, grinste sie, „ist nicht arbeitnehmerfreundlich. Früher hatten meine Leute ihre Ruhe, wenn ich im Urlaub war.“

Weil sich Karl beim Schnorcheln gründlich den Pelz verbrannt hatte, ließ er sich von ihr eincremen und fragte: „Warum hoste uns übberhaupt oigelaade?“

„Weil ich sieben Tage in der Woche ans Geschäft denke, und nachts davon träume. Wer so lebt, kennt nur Leute, die ähnlich leben. Da tut es zur Abwechslung gut, mit Menschen zu reden, die anders sind.“

Zum Essen schmierte sie Weißbrote. Und schilderte das berühmteste Mainzer Schiffsunglück aller Zeiten. „Ist über 30 Jahre her. Brezelmüller und Fleischworschttoni kauften in Barcelona billig ein altes Boot. Das Ding musste nur den Weg nach Ibiza in einen Hafen schaffen. Dort sollte der alte Kahn liegen, um damit junge Weiber aufzureißen. Aber sie konnten kein Boot fahren. Sie hatten keinen Bootsführerschein, nichts. Also fuhren sie einfach hinter der Fähre her. Nach einer Stunde wurde ihr Boot aber immer langsamer. Als die Fähre außer Sicht kam, bekamen sie Panik. Toni ging nach unten, um nach dem Motor zu sehen. Da stand er schon bis zu den Knien im Wasser. Der Motor ging aus, das Boot lief voll und soff ab.“

„Hoho, was war dann los?“

„Die zwei Seebären hatten den Lenzstopfen nicht überprüft, weil sie nicht wussten, dass es so was gibt. Irgend jemand hat die Artisten später aus dem Meer gefischt.“

„Dess iss wie de Schtobbe von de Badewann“, erklärte Herbert, damit auch Karl den Witz kapierte.

Eine Stunde später wurde die „Luise“ langsamer. Luise ging nach unten, und stand bis zur Wade im Nassen. „Wasser im Boot!!“, rief sie nach oben.

„Margus ist ein Rassist!“,

sagte Kai empört, und zeigte mit dem Finger auf Markus.

„Was hat er getan?“, fragte Guru Kaktus ernst.

„Isch hab über einen Saarländerwitz gelacht“, sagte Markus stockend. „Weil isch Pälzer bin. Erst als isch lachen musste, habe isch gemerkt, dass ...“

„Rassismus fängt im Alltag an!“, sagte Kaktus streng. Zwecks Gehirnwäsche hatten sie zwei Mal in der Woche Gruppensitzung. Die NSAEV war eine perfekte Überwachungsorganisation. Die Mitglieder denunzierten sich sogar gegenseitig. Lachen war in der Gruppe streng verboten. So lange es Nikotin, Alkohol, Metzgereien und Saarländerwitze gab, gab es nichts zu lachen. Um das Bewusstsein für den Kampf zu schärfen, musste jeder beichten, wenn er etwas Verbotenes getan, oder gedacht hatte. Der Gedankenpolizist Kaktus notierte sorgfältig alle Vergehen, und therapierte den Übeltäter. Dafür hatte er schließlich Psychologie studiert.

„Was noch?“, fragte Kaktus, der Inquisitor.

„Neulisch, als wir den Weinschtand überwachten, war es heiß. Da bekam isch Lust auf eine kühle Weinschorle. Das ist mir seit Jahren nischt passiert, und ...“

„Alkohol euphorisiert und führt zu Kontrollverlust!“, sagte Kaktus streng. Er notierte dieses Vergehen sofort. Es war streng verboten, auch nur an Alkohol zu denken. „Ich werde mit dir eine Einzelsitzung machen!“

Markus nickte dankbar, und schwieg schuldig. Der Meister würde ihn von seinen sündigen Gedanken reinigen. Kai aus Saarbrücken grinste schadenfroh.

„Wir warten noch auf Petra und den Sensenmann!“, befahl Kaktus und sah auf die Uhr. „Die kommen direkt mit dem Taxi vom Flughafen.“

„Schtimmt was nit?“, fragte Karl, der Krebsrote.

„Wenn wir Pech haben, säuft das Boot ab“, sagte Luise. Sie streckte den Kopf aus dem Maschinenraum, und befahl: „Volle Fahrt! Kurs Nord-Nord-West!“

„Ei, ei, Sör!“, gehorchte Herbert, riss das Ruder herum, drückte den Gashebel nach unten, und nahm mit Volldampf Kurs Richtung Küste.

„Schnorchelbrille!“

Karl gab ihr seine Schnorchelbrille.

Sie verschwand wieder im Maschinenraum. Als sie auftauchte, waren die Haare nicht nur nass, sondern auch mit Öl verschmiert. „Rohrzange!“

Karl stolperte über Deck zum Werkzeugkasten und klemmte sich den Finger am Deckel. „Futtkram!“, maulte er, und steckte den wehen Finger in den Mund.

„Schneller!“, brüllte sie.

Er reichte ihr die Zange und blickte nach unten. Aber er sah nur ihren Hintern über dem Wasser.

„Geht so nicht!“, schnaufte sie atemlos, als sie wieder hoch kam. „Das Wasser steigt!“

„Wass issen kabutt?

„Jemand hat den Lenzstopfen manipuliert! Hat auf das Gewinde geschlagen, und das Ding nur halb wieder hineingedreht. Bei Fahrt kommt mehr Wasserdruck, und das Boot läuft voll. Ich hätte im Hafen den Maschinenraum überprüfen sollen!“

„Hoste en Ersatzschtobbe?“

Sie sah ihn wütend an, und sprach wie mit einem Dreijährigen: „Es gibt kei-nen Er-satz-lenz-sto-pfen! Und es nützt auch nix, wenn ich den Finger draufhalte!“

Karl erinnerte sich an den Film „Das Boot“ und kam auf eine grandiose Idee. „Kannste dess Loch net mit nem Holzkeil unn alde Lumbe abdischte?“

„Hutsimpel!“, schnaubte sie und kam ölverschmiert an Deck.

„Isch mein ja bloß“, meinte Karl, und hielt sich den wehen Finger.

„Boot verliert Fahrt!“, meldete Steuermann Dickmilch. Und die Luise sackte allmählich hinten tiefer. Wegen dem eindringenden Wasser. Herbert dachte an seinen 10 Jahren älteren Bruder, der seit 1943 in der Nordsee vermisst, und nie mehr aufgetaucht war. Hatte es bei dem auch so ähnlich angefangen?

In weiter Ferne sahen sie die Küste. Luise dachte rauchend nach. Dann öffnete sie einen Deckel und fluchte. „Scheiße. Die Signalraketen sind weg!“

„Ui, ui, ui“, sagte Karl.

„Wo ist mein Händi?“, fragte Luise.

„Da dribbe“, zeigte Karl.

Luise ging zu der Bank, griff nach dem Ding, und da passierte es. Wegen dem Öl an ihren Füßen rutschte sie aus, das Smartphone flutschte durch die verschmierten Finger, und „flutsch“, flog das Ding mit „platsch“ ins Meer. Weg war es.

„Au, au, au“, sagte Karl.

Zu dritt starrten sie in alle vier Windrichtungen. Aber sie sahen kein Schiff, kein Boot, nichts.

„Unn jetzt?“, fragte Karl leicht nervös. Er dachte an Piratenfilme, wo man in brenzligen Situationen immer überflüssigen Ballast über Bord wirft. Zum Beispiel Kanonen. Aber vorsichtshalber sagte er nichts.

„Alle Mann an die Lenzpumpen!“, befahl Frau Kapitän, und drückte ihm den kleinen Putzeimer in die Hand.

Karl stand bis über die Knie im Wasser. Er musste nach unten, weil Herbert zu dick und zu alt war, um in den engen Maschinenraum zu klettern. Karl tauchte den Eimer ein, reichte ihn hoch und blieb an der Ausstiegsluke hängen. Er kippte sich das Wasser über den Kopf.

„Dollbohrer!“, rief Herbert.

„Reiß dich am Riemen!“, brüllte Luise am Steuer.

„Alt Beißzang!“, knurrte Karl.

Eimer eintauchen, hochreichen, Eimer abnehmen, auskippen, Eimer runterreichen, Eimer eintauchen ...

Sie konnten so schnell Wasser schöpfen, wie sie wollten, das Boot wurde immer langsamer. Und sackte immer tiefer. Und lief immer voller Wasser. Dann fing der Motor an zu stottern. Das Boot wurde noch langsamer. Da machte der Motor noch einmal „blubb“, und dann war er ganz aus. Das Boot dümpelte still in den Wellen.

„Unn was mache mer jetzt?“, fragte Karl schnaufend.

„Wasser scheppe!“

Eimer eintauchen, hochreichen, Eimer abnehmen, auskippen, Eimer hinunterreichen, Eimer ...

In weiter Ferne fuhr ein Schiff vorbei. Luise winkte, wedelte mit einem Handtuch, brüllte sich die Seele aus dem Leib. Es half nichts, das Schiff fuhr weiter.

Karl: „Habbe mir kä Funkgerät, um SOS zu funke?“

Luise: „Im Winter wurde auf dem Boot eingebrochen, und das Funkgerät geklaut. Dass auch die Raketen weg sind, und der Stopfen kaputt ist, weiß ich erst jetzt!“

„Schepp Wasser!!“, rief Herbert.

Eimer eintauchen, hochreichen, an der Luke hängenbleiben, ...

Das Boot sank immer tiefer ins Meer, und sackte immer weiter nach hinten. Und der Pegelstand im Maschinenraum stieg immer höher.

„Mir schteht es Wasser schon bis zum Bibbes!“, rief Karl mit dumpfer Stimmer von unten.

„Komm hoch!“, befahl Luise. „Es hat keinen Sinn.“ Karl krabbelte nach oben, und ließ sich schnaufend auf das Deck fallen.

„Feier!“, sagte Herbert. „Schteck des Boot an, damit mer de Rauch sieht!“

Das war die Idee! Luise versuchte, mit dem Feuerzeug das Boot anzuzünden. Den Rauch würde man kilometerweit sehen. Aber es war zu spät. Kurz bevor alles zu spät war, hängten sie drei Rettungsringe um, und sprangen über Bord. Tief mussten sie nicht mehr springen.

„Ow, ow, ow“, sagte Karl. Er hing wie ein nasser Sack im Schwimmreif und sah zu, wie die „Luise“ unterging. Das Heck wurde überspült, der Bug hob sich müde, ein paar Luftblasen, und vorbei war’s. Dann war es ganz still auf dem Meer. Unheimlich still. Totenstill.

„Was mache mir jetzt?“

„Schwimmen!“, befahl Luise.

Mit schwimmen war nichts. Nicht bei der Meeresströmung. Nach ein paar Minuten ließen sie es sein. Aber sie fassten sich an den Händen, um beisammen zu bleiben. Ziemlich schnell wurde ihnen kalt. Drei heiße Köpfe in der Sonne, und drei nasse Körper im Meer. Das schöne blaue Mittelmeer hatte vielleicht 19 Grad.

„Wie lang dauert dess?“, fragte Karl.

„Wie lange dauert was?“

„Bis mer auskühlt, unn erfriert.“

Niemand gab eine Antwort. Die Stille auf dem Meer war unheimlich. Und die niedrigen Wellen kamen ihnen riesig vor. Immerhin, wenn sie oben auf einer Welle schwammen, dann sahen sie weit weg das Ufer. Aber was half das? Sie trieben von der Küste weg.

„Der Vorschlag ist einstimmig angenommen“, sagte der Schriftführer der NSAEV. Alle hatten dafür gestimmt. Also änderte die Gruppe ihren Namen. Sie hieß jetzt nicht mehr nur NSAEV, sondern NSAEVAR.

„Das AR ist ein deutliches Zeichen gegen Rassismus und Fremdenfeindlichkeit“, sagte Kaktus todernst.

Alle nickten. Die Gruppe kämpfte jetzt auch offiziell nicht nur gegen Raucher (NO SMOKE) und Trinker (NO ALKOHOL) und Fleischfresser (EAT VEGGY), sondern auch gegen Ernst Neger (AGAINST RASSISM), obwohl der schon lange tot war. Deshalb mussten jetzt neue T-Shirts gedruckt, die Internetseiten aktualisiert, Flyer und Flugblätter geändert werden.

„Jetzt kommen wir zu Top Zwei“, sagte der Schriftführer der NSAEVAR e. V.

Reihum mussten alle Mitglieder Bericht über ihre Taten zur Rettung der Welt in den letzten drei Tagen erstatten.

„Top drei: Der Kampf gegen die Fleischfresserin.“

Petra und der Sensenmann meldeten Vollzug. Mit atemlosem Stolz schilderten beide, wie sie den tödlichen Sabotageanschlag organisiert und ausgeführt hatten.

„Ihr habt jetzt alle einen Termin beim Tätowierer“, sagte Kaktus. „Wir treffen uns wieder in zwei Stunden.“

Während alle weg waren, notierte Kaktus Sonderpluspunkte für die Attentäter. Er hatte die NSAEVAR nach dem Vorbild des Gaunerkonzerns ADAZE wie einen steuerfreien, gemeinnützigen Verein organisiert. Kaktus war Vorsitzender und Kassenwart. Deshalb war die Neumann ja doppelt gefährlich. Bei einer Steueranzeige würde nicht nur die Schwarzgeldmacherei mit seinem mafiösen MPU-Netzwerk auffliegen, sondern auch ...

„Die Neumann WAR gefährlich“, hoffte Kaktus.

Karls Kappe rettete sie.

Um keinen Sonnenbrand auf der Glatze zu bekommen, war er mit seiner roten Nullfümferkappe ins Wasser gehupst. Die war gut sichtbar auf dem blauen Meer.

Zuerst sah der Bootsfahrer den roten Punkt. Dann die weißen Ringe, und drei Menschen, die winkten.

„Häär, do schtimmt doch ebbes net!“, sagte der Südpfälzer und fuhr auf die drei zu. Sie riefen und winkten. Als er die Nullfümferkappe erkannte, zeigte er auf seine FCK-Mütze, und brüllte: „Määnzer nemm isch net mit!“

Dann fuhr er bei, und fischte sie aus dem Wasser. „Häär, sinn ehr zu weit rausgeschwumm?“

Luise stellte sich vor, und dankte ihrem Retter. Er schenkte Schnaps aus, und gab ihr Zigaretten. Auf dem Boot in der heißen Sonne wurden ihnen schnell wieder warm. Sie tauschte ihre Adresse mit dem Landauer aus, und telefonierte mit seinem Handy. Der Hochseeangler setzte sie im Hafen ab, und fuhr wieder raus..

Ferdi holte sie ab. „Oh la, la“, staunte er, als er seine ölverschmierte Chefin und die beiden Gäste sah.

„Fahr mer jetzt heim?“, stöhnte Herbert.

Luise: „Erst müssen wir Behördenkram erledigen!“

„Allez, allez!“, rief Ferdi, weil Karl nicht hinterherkam. Seine nackten Füße schmerzten auf dem heißen Boden.

„Werd die alt Beißzang gar net müd?!“, maulte Karl.

Sie marschierte barfuss, dreckig und rauchend im Bikini vorne her, die beiden Zeugen in Badehosen dahinter. Erst zur Polizei. Dann auf die Hafenbehörde. Dann ...

„Oui Madame“, sagte der Polizist, und fügte hinzu: „Jawoll, isch das machen! Tout de suite.“

Wie sie es schaffte, südfranzösische Beamte blitzkriegsartig auf Trab zu bringen, blieb ihr Geheimnis.

„Wir sind die ...“,

rief Petra, und reckte den Unterarm hoch.
„ ... NSAEVAR“, riefen alle im Chor und streckten die Unterarme hoch. Den neuen Namenszusatz AR trugen jetzt alle auf dem Arm tätowiert. Der Sensenmann war dabei kurz in Ohnmacht gefallen.

Psycho-Sektenführer Kaktus hatte den Unfug befohlen, um den Zusammenhalt der Gruppe zu stärken. Er selbst ließ sich nicht tätowieren. Das passte nicht zu seinem offiziellen Auftreten als seriöser Verkehrspsychologe und MPU-Gutachterausbilder. Und er führte mit sofortiger Wirkung ein neues gruppendynamisches Ritual ein. Jede Sitzung begann und endete jetzt mit Gebrüll.

„NS“, brüllte Petra die Abkürzung von ...
„NO SMOKE!“, schrien alle.
„NA“, brüllte Petra.
„NO ALKOHOL!“, schrien alle.
„EV“, brüllte die Vorsängerin.
„EAT VEGGY!“, schrie der fanatische Veganerchor.
„AR“, brüllte Petra.
„AGAINST RASSISM!“, schrie der Chor.

„Hiermit erkläre ich die heutige Sitzung für beendet“, sagte der Schriftführer der NSAEVAR e. V. mit deutscher Gründlichkeit und Ordnungsliebe.

Kaktus hielt eine feierliche Ansprache und spendierte auf Vereinskosten ein nikotinfreies veganisches und antialkoholisches Festmahl. Ausgelassene Stimmung herrschte bei den sieben wackeren Kämpfern. Die Stimmung steigerte sich zu frenetischem Jubel, als er für morgen einen tatsächlich freien Tag verkündete.

„Wir sind die ...“, brüllte Petra, und hob den Arm.
„EN-ES-AA-EE-VAU-AA-ERR!“, jubelten alle.

Bei Feinschmeckers

Im Ferienhaus gab es für jeden einen dreifachen Cocnac zur Beruhigung. Karl wollte sich erschöpft hinsetzen.

„Wir müssen uns beeilen“, kommandierte Luise. „Wir sind schon viel zu spät dran.“

„Wo willste dann hin?“

„Fein Fresschen machen mit der Handkäsmafia.“

„Die hot Nerve“, stöhnte Herbert.

Luise marschierte ins Bad, schnallte im Gehen ihr Bikinioberteil ab, und warf ihn in die Ecke.

„Allez, allez!“, lachte Ferdi, und scheuchte die Beiden ins Gästebad.

„Feine Klamotte hab isch gar kä debei“, maulte Karl.

„Ferdi gibt euch was!“

„Bumm, bumm, bumm!“, schlug sie geduscht und adrett angezogen mit der Faust gegen die Badetür. „In fünf Minuten fahren wir los!“

„Hetz misch net!“, brüllte Karl, als draußen der Krach losging. Ferdi saß am Steuer und hupte, Luise saß daneben und schimpfte. Herbert saß hinten und grinste.

„Tres chic!“, lachte Ferdi, als Karl ins Auto hechelte.

Der große, dicke Ferdi hatte ungefähr dieselbe Statur wie der große, dicke Herbert. Die Klamotten passten. Nur der kleine dicke Karl sah aus wie eine fette Vogelscheuche. Ferdis Hawaihemd ging ihm bis zu den Knien. Ferdi setzte alle vor dem Restaurant „Elly’s“ ab. Auf dem Parkplatz standen nur teure Autos. Bevor sie hinein gingen, wurde Karl noch einmal gemustert.

„Zieh sofort die Socken aus!“, befahl Luise.

Gehorsam zog Karl Napp die Socken aus. Ganz gegen seine Gewohnheit steckten seine Füße jetzt nackt in den Sandalen. Der Kellner hüstelte trotzdem vornehm, als er den komischen kleinen Kauz sah. Nicht wenige Gäste tuschelten, oder schüttelten die Köpfe. Andere lachten. Am lautesten lachten drei stattliche Mafiosis im besten Mannesalter. Brezelmüller, Fleischworschttoni und Hohlblockfriedel.

„Guude!“, grölte Toni durch das Lokal, zeigte mit dem Finger auf Karl, und verkündete halb Frankreich: „Dess iss de greeste Hutsimpel von ganz Mayence!“

Karl studierte hilflos die Speisekarte. Sie war nicht nur in französisch, sondern in hochgastronomischem französisch geschrieben. Er bat Luise um Hilfe.

„Mach dir nix draus“, sagte sie. „70 Prozent aller Gäste verstehen die Karte auch nicht. Sie tun nur so, als ob. Das gilt auch für die meisten Franzosen hier.“

„Noch e Fläschje Schampes!“, krähte Friedel, und hielt die leere Flasche hoch.

Luise suchte die Weine aus, übersetze die Speisekarte, und stellte interessante Menues zusammen. Sie zeigte auch, wie man den Kram isst. Trotzdem flogen die Krebsbeine und Langustenköpfe nur so durch die Wirschaft. Brezelmüller schnitt sich mit der Krabbenzange fast den Finger ab.

„Was fer ä Sauerei“, lachte Herbert.

Außer Luise hatte nur der Mainzer Metzgermeister Fleischworschttoni keine Sprachschwierigkeiten, weil er sehr überzeugend Tierstimmen imitieren, und mit den Händen reden konnte. Er schnappte sich die Kellnerin: „Bass e mol acht, Meedsche! Zuerst bringste mir e Pund Gänslebberworscht mit viel Weißbrot“. Dabei ging er in die Hocke, watschelte durch das Restaurant, und ahmte täuschend echt das Geschnatter einer Gans nach.

Dann imitierte er mit den Zeigefingern zwei Hörner an seinem dicken Kopf, und blökte wie ein Ochse. „Als zwädde Vorschpeis en Deller voll frische Tartar, abber so groß, dass kään Aff drübber hippe kann!"

„Toni, mach de Aff!", rief Brezelmüller begeistert.

Die Kellnerin krümmte sich vor Lachen.

„Erster Hauptgang: En Rostbrate, so bluudisch wie em Brezelmüller soi Finger."

„Mensch, kann der guud franzesisch", staunte Karl.

Mit Hilfe des Aquariums, das in der Ecke stand, erklärte Toni den Wechsel von Fleisch zu Fisch. Die Kellnerin hatte Angst, dass er hineinspringen wolle, verstand aber, dass Toni einen Seeteufel im Salzmantel wollte, als er mit dem Salzstreuer wedelte. „Zu der Lewwerworscht bringste mir e Fläschje Bordoo, zum Tartar un dem Rostbrate sowieso. Zum Fisch will isch en scheene Weißwoi, unn was isch zum Nachtisch ess, wääß isch noch net. Uff alle Fäll erst emol e schee Bier!"

Beim Gelage erzählte der Pate der Handkäsmafia Schoten aus der Mainzer Lokalpolitik. Es war zum schießen. Um einen Auftrag zu bekommen, hatten sie den Bürgermeister hofiert, wie es sich für Mainzer Unternehmer gehörte. Er durfte nebst Gattin zwei Wochen umsonst in ihrer Ferienvilla Urlaub machen.

„Mir hatte dem Nassauer extra de Woikeller uffgefüllt, es Audo, unn es Schiffschebootsche voll getankt", erklärte Hohlblockfriedel schmatzend.

Sie bekamen den Auftrag. Aber ein Jahr später kam plötzlich aus dem Rathaus ein Anruf in Brezelmüllers Firma. Der Herr Oberbürgermeister habe zwei Wochen Urlaub, und letztes Jahr hätte es ihm in St. Raphael so gut gefallen, dass er gerne wieder ...

„Was hätte mir dann mache solle?", knurrte Friedel. „Da hot der Sausack noch emol umsonst Urlaub gemacht!"

„Für nix", meckerte Brezelmüller. „Ohne politische Gegenleistung! Ein Jahr später wurde er abgewählt."

„Uff die Bolidig!", rief Toni, und hielt sein Glas hoch. Friedel: „Halt, isch hab nix mehr zu saufe. Madamm! Bring uns noch zwää Fläschjer."

Als alle „ordentlisch die Heef" hatten, erzählte Luise von ihrem Bootsunglück. „Willkomme im Club!", rief Toni begeistert. Weil sie fast zu siebt waren, gründeten sie sofort den „Mainzer Hochseeverein für dabbische Schiffskatastrophen", M.H.D.S. und machten Karl Napp zum Ersten Vorsitzenden, weil der noch weniger Ahnung von der christlichen Seefahrt hatte, als alle anderen.

Zu der Zeit waren kaum noch andere Gäste im Lokal. Ein Straßenmusiker spielte auf einem Akkordeon Tango. Toni tanzte mit der Kellnerin, und warf dabei fast das Aquarium um. Wenn Herbert die Quetschkommode quälte, durften alle mitsingen.

„Wenn das Schifferklavier an Bord erklingt",
„Ja dann sind die Matrosen, so still ...", grölten alle.
Als keiner mehr konnte, übernahm Brezelmüller die Rechnung und verteilte fürstliche Trinkgelder.

„Mir fahr'n jetzt in de Puff!", blökte Toni reflexartig, und krabbelte mit seinen beiden Kumpanen in ein Taxi.

„Mon Dieu!", lachte Ferdi, als er die Chefin abholte. „Mir iss schleschť", lallte Karl und hängte den Kopf zum Fenster raus. Um sieben Uhr morgens wurden sie von Ferdi zum Flughafen Cannes gefahren. Karl und Herbert schliefen im Flieger sofort ein. Franky holte sie ab.

„Hoste was geschafft?", fragte Karl todmüde.
Und Luise wurde noch nervöser, weil sie sogar in ihrem Ferienhaus nicht sicher war. Um sich abzulenken, mauerte sie noch drei Tage lang. Dann flog auch sie zurück.

Derweil hatte Kaktus seinen großen Auftritt in Köln.

Auf dem Deutschen Verkehrskongress in Köln

war die ganze MPU-Mafia versammelt: Alle, die mit jährlich 100000 Idiotentests über 400 Millionen Euro und Schwarzgeld in unbekannter Höhe machten, waren da.

Die 188000 Juristen Deutschlands hatten Vertreter geschickt. Sie lebten davon, eine „Trunkenheitsfahrt ohne Folgen" härter zu bestrafen, als den Besitz von Kinderpornografie. Dazu gehörten Richter, die betrunkene Radler und bekiffte Rollstuhlfahrer als „schwere Verkehrsstraftäter" verurteilten. „Spezialisierte Anwälte" waren auch da. Die kassierten viel Geld, um genau so hilflos im Dschungel des deutschen „Verkehrsrechts" herum zu irren wie ihre Mandanten.

„Fahrerlaubnisbehörden", die Fußgänger, Radler, Rollstuhlfahrer und Kutscher zum Idiotentest verdonnerten, um mit Gebühren für „Entzug und Wiedererteilung des Lappens" Umsatz zu schinden, waren vertreten.

Konzerne, wie TÜF und ADAZE, die allein mit „MPU-Instituten", wo die Idiotentests stattfanden, über 40 Millionen machten, hatten ihre Vertreter geschickt. Der TÜF zahlte dafür kaum Steuern, und der ADAZE gar keine, weil er offiziell ein „Verein" war.

Geschäftemacher wie Grabmal, die als „MPU-Berater" zwischen 500 und 2500 Euro für dummes Geschwätz über den „Teufel Alkohol" kassierten, waren da.

Die 470400 Mediziner Deutschlands waren vertreten. Ärzte, die steuerfrei bis zu 300 Euro für überteuerte Urin- und Haarproben kassierten. Doktoren, die beim Idiotentest eine „Untersuchung" machten, die schneller ging, als die Musterung zum Kriegsdienst im Jahr 1944. Die medizinischen Laborfritzen waren natürlich auch da.

Und 98000 Psychologen Deutschlands waren vertreten.

Abertausende „Seelenkundler“, die in der MPU-Branche ihren Lebensunterhalt ergaunerten. Mit „verkehrspsychologischer Zwangsberatung“, oder als MPU-Gutachter. Letztere hatten im Jahr 2013 einen Rekord aufgestellt. Von 97000 Idiotentests war genau die Hälfte negativ ausgefallen, um 47000 Mal mehrfach abzukassieren. Weil das auch der Verkehrskommission im Bundestag negativ aufgefallen war, waren 2014 „nur“ 60 Prozent aller „psychologischen Gutachten“ negativ ausgefallen. Die meisten „wisssenschaftlichen Erforscher der Seele des Verkehrs“ trugen, soweit sie männlich waren, die psychologische Einheitskluft: schlecht sitzende Anzüge, die Haare zu einem Zopf gebunden.

Was all diese Abzocker vereinte, war die nackte Angst: Die Angst vor dem computergesteuerten Auto, das Betrunkenen und Bekifften die straflose „Teilnahme am Straßenverkehr“ ermöglichen würde. Das vollautomatische Auto war der Tod der MPU-Branche! Deshalb setzten sie Tod und Teufel in Bewegung, um das Geschäft mit dem Führerschein auf alle „Verkehrsteilnehmer“ auszudehnen: Radler, Kutscher, Rollstuhl- und Schubkarrenfahrer, Fußgänger, die bei Rot die Ampel ...

Und natürlich sollten die undurchsichtigen MPU-Regeln verschärft werden, um mehr Geld zu machen. Aktuell sollte die 1,6 Promillegrenze für Radfahrer auf 1,1 Promille gesenkt werden, was den Umsatz der ganzen Branche um jährlich etwa 10000 Idiotentests im Durchschnittswert von 4000 Euro steigern würde. Dafür hatte der ADAZE ein getürktes Experiment mit besoffenen Radlern bezahlt, eine Medienkampagne gestartet und Verkehrspolitiker aller Parteien hofiert. Mediziner und Psychologen lieferten die gewünschten „wissenschaftlichen“ Vorwände für die geplante Verschärfung.

Als Vertreter aller deutschen Verkehrsseelenkundler stellte sich Kaktus auf die Rednertribüne. Er war schließlich „Gutachterausbilder“ und Sprecher im VGVP, dem „Verband geldgieriger Verkehrspsychologen“.

Wie immer vor Zuhörern, lief der unscheinbare Kaktus zu großer Form auf. Adrenalin floss durch seine Adern. Um größer zu wirken, stand er auf einem Podest hinter dem Rednerpult. Er hielt einen großartigen Vortrag über die „gesellschaftliche Alkohol- und Drogenproblematik“, Routiniert veredelte er vage Behauptungen zu „wissenschaftlichen Hypothesen“, die er mit getürkten Statistiken und den Ergebnissen von dubiosen Experimenten bewies. Dafür hatte er ja Psychologie studiert.

Energisch forderte er die 0,0 Promillegrenze für Radfahrer und die 0,3 Promillegrenze für Fußgänger, bezüglich Cannabis entsprechend. Und er forderte die monatliche Zwangsblutprobe für alle Deutschen über 18, damit Mediziner und Psychologen noch mehr Schwarzgeld mit „Suchtprävention und Therapie“ verdienen konnten. Die vollzählig versammelte MPU-Mafia klatschte so lange rauschenden Beifall, bis der Saal wackelte.

Aber sogar Kaktus hatte ein Privatleben. Ein streng geheimes. Er verließ das Kongresszentrum und fuhr mit dem Taxi nach Düsseldorf, wo ihn niemand kannte. Dort hatte er die Suite in einem 5-Sternehotel gemietet, ein 8-Gängemenue bestellt, und drei Frauen von einem exclusiven Escort-Service gebucht. Das ganze Schwarzgeld, das er beruflich mit seinen „verkehrspsychologischen Beratungen“ verdiente, und das viele Geld, das der Sensenmann der NSAEVAR spendete, musste ja irgendwie verbraten werden. Kaktus legte sich in die Badewanne, trank Champagner und rauchte dazu eine teure Zigarre. Gleich würden die Sklavinnen kommen.

„Also treffen wir uns um 20 Uhr im Laurenz!“,

entschied Luise. „Das ist die neue Mainzer Weinkneipe. Angeblich total in“, lachte Luise und legte auf.

„Dess iss jo gar nit moi Fall“, maulte Karl im Laurenz.

„Meiner auch nicht“, erklärte Luise. „Aber ein Geschäftspartner will sich hier mit mir treffen. Der will immer dort hingehen, wo alle hingehen, damit er dort gesehen wird. Deshalb wollte ich mir den Laden vorher ansehen.“

Im Laurenz konnte man erkennen, wohin der Unfug vom „European Winekapital Mainz“ führt. Die Kneipe wimmelte vor jungen nervösen Menschen, die es plötzlich cool fanden, Wein statt Bier mit Bananengeschmack zu trinken. Die fummelten alle nervös an ihren Händis herum, um der Welt zu verkünden, dass sie gerade im Laurenz saßen, um ein Glas mittelguten Wein für 5,90 Euro zu trinken, und ihre notorischen Tapas zu mampfen.

„Sinn die depp?“, fragte Karl. Er hatte ein Wurstbrot bestellt. Jetzt kam ein kleines Brot, das mit drei Scheibchen Salami und drei Scheibchen Schinken garniert war.

„Isch will hier weg!“, maulte er und machte werthaltige Vorschläge: „Bierbumb, Rhabanuseck, die Kuchel ...“

Luise zahlte und schleppte die beiden in die „Droschkenstube“. Bei Weinschorlen und ordentlichen Portionen zu vernünftigen Preisen durfte Franky Bericht über 14 Tage gewissenhafte Observation erstatten.

„Was schafft denn mein Gatte so den ganzen Tag?“

„Nix“, sagte Franky. „Er geht er früh ins Bett, und schläft lange, um spät aufzustehen. Er steht lange vor dem ...“

„Woher weißt du das mit dem Spiegel?“

„Weil er zwei große Spiegel auf den Balkon gestellt hat, damit er sich von vorne und hinten bewundern kann. Sieht man alles gut vom Rheinufer aus.“

„Ansonsten Ist er täglich zwei Stunden im Studio im Malakoff. Manchmal trainiert er auch zwei mal am Tag."

„Warum soll der Schaffnix auch etwas arbeiten?", fragte Luise. „Ich bezahl ihn ja."

„Na ja", widersprach Franky. „Er arbeitet ungefähr acht Stunden in der Woche. Drei, vier Stunden als Wasserskilehrer, und vier Stunden als Personaltrainer mit einer Frau. Sie ist seine einzige Kundin."

„Hat er was mit der?"

„Nein", sagte Franky. „Er macht das sehr gewissenhaft. Aber nach dem Training geht sie immer Pizza und Eis essen. Ihr Training ist rausgeschmissenes Geld."

„Hat er was mit einer anderen?"

„Jeden Dienstag trifft er sich mit einer verheirateten Frau. Die beiden machen das aber eher aus Langeweile."

„Für so einen Faulheimer rackere ich mich ab", fluchte Luise. „Dem werde ich das Gehalt kürzen!"

Karl: „Uff alle Fäll iss der Schluchtekacker kään Mörder. Dadezu iss er viel zu faul!"

„Was ist mit deinen Exmännern?", fragte Franky.

„Die drei Jammerlappen?", schnaubte Luise. „Die können noch nicht einmal einen Stallhasen umbringen."

„Jetzt denk emol nach!", forderte Karl.

Aber auch nach fünf Weinschorle fiel Luise niemand ein, der genug Grund und noch dazu die Fähigkeit hätte, sie umzubringen. Zur Sicherheit sollte Franky trotzdem die drei Jammerlappen überprüfen.

„Unn isch geh jetzt ins Hafeeck", rief Karl. „Halb vollgesoffe iss rausgeschmisse Geld!"

Er tappte in die Kneipe und grüßte höflich den Wirt: „Ei Guude, Du werst jo als fetter!"

„En Monn, der muss en Schatte werfe", sang der Wirt und streichelte dabei seinen Bauch. Karl seinen auch.

„Ein harmloser Spinner mit viel Geld“,

hatte die Chefin gesagt, und drei Frauen ausgesucht. Sie sollten über Gastronomieerfahrung verfügen. Das hatten alle drei. Eine hatte sogar Restaurant-Fachfrau gelernt. Und sie sollten massieren können. Auch das würden sie hin bekommen. Für die Art Massage, die Freier wünschten, musste man keine Physiotherapeutin sein.

„Der muss ja was an der Klatsche haben“, lachte die Fachfrau. Der Freier hatte per E-Mail einen minutiösen Zeitplan mit peniblen Anweisungen geschickt. Sie mussten sogar Text auswendig lernen. Die drei packten ihre Arbeitsklamotten samt dem zerlegbaren Massagetisch ein, und fuhren zum Hotel. Der grinsende Portier öffnete ihnen die Tür zur Suite. Sie gingen ins Schlafzimmer, zogen sich um, und versuchten dabei, nicht zu kichern. Heraus kamen sie als Badesklavinnen in Chitons: Durchsichtigen weißen Kleidchen, die hinten knapp über den Hintern reichten und vorne einen Ausschnitt bis zum Bauchnabel hatten.

Sklavin Eins klopfte an die Badezimmertür, trat in gebückter Haltung ein, und fragte unterwürfig: „Wie lauten Eure Wünsche, oh Gebieter?“

„Waschen!“, lautete der Befehl.

„Deine Sklavinnen sind bereit“, sagte die Chefsklavin und klatschte in die Hände.

Jetzt mussten auch die beiden anderen vor der Badewanne aufmarschieren und sich tief vor ihrem Herrn verneigen, damit die Möpse aus dem Ausschnitt hüpften.

„Erhebt euch, Herr!“

Kaktus erhob seinen Alabasterkörper in der Badewanne zu voller Größe. Die drei lachten trotzdem nicht. Kaktus hatte Frauen mit Mindestgröße 1,70 Meter verlangt. Jetzt stand ein nacktes, mickriges Männchen vor ihnen. 40 Jahre alt, 1,63 Meter klein, 50 Kilo leicht, und die Hüften breiter als die schmalen Schultern, auf denen ein unproportional großer Kopf mit einer riesigen Nase und zwei gierigen Glubschaugen saß.

„Reinigt den Körper des Herrn!“, befahl die Obersklavin aus Neuß, wobei sie ihren rheinischen Dialekt nicht verleugnen konnte. Wenn sie das Wort „Körper“ aussprach, hörte sich das an, wie Schumis legendäre Rosbacher-Werbung.

Die beiden Badesklavinnen seiften mit vier Händen den schmächtigen Körper des Herrn ein, und machten dabei ihre Kleidchen nass, um den Wet-T-Shirt-Contest-Effekt zu erzielen. Kaktus schnaufte erregt.

Gleich fallen dem Zwerg seine Glupschaugen raus, dachte die Obersklavin besorgt, und verhinderte dieses Unglück mit dem Befehl: „Trocknet den Herrn!“

Gehorsam duschten sie das Männlein ab, und rieben es mit Tüchern trocken. Wie eine Spielzeugpuppe.

„Salbet den Herren mit duftendem Öl!“
Kaktus stieg feierlich aus der Wanne, und legte sich bäuchlings auf die Massagebank, um geölt zu werden.

„Wendet euren Körper, Herr!“
Kaktus drehte sich auf den Rücken, wurde jetzt vorne abgeschmiert, und grunzte geil. Zwischendurch musste die Obersklavin dem Antialkoholiker das Champagnerglas reichen und die Zigarre zum Mund führen, damit der fanatische Nichtraucher einen guten Zug nehmen konnte.

Da geschah ein Unglück. Der Zug fuhr vorzeitig ab. Laut Zeitplan sollte um Punkt 20:32 Uhr „Fellatio“ stattfinden, aber Kaktus spritzte vorher ab, weil er so aufgeregt war. Und deshalb war seine Stimmung im Eimer.

„Ich will jetzt essen!“, befahl er mürrisch.

Geschickt überbrückten sie die Wartezeit, bis gemäß Zeitplan um 20:45 Uhr jemand an die Tür klopfte. Der Düsseldorfer 2-Sternetempel lieferte das 8-Gänge-Essen mit den ausgesuchten Weinen nach oben in die Fürstensuite. Aber die Laune von König Kaktus war im Keller, weil ihm sein kleiner Kaktus nicht gehorchte.

„Als Amüss-Göll frischer Rindertartar an ...", kündigte die Obersklavin-Hotelfachfrau an.

Mießlaunig ließ sich Kaktus von den beiden dunkelhäutigen Skavinnen bedienen. Die trugen jetzt hochhackige Schuhe und Ledergeschirr, das die Brüste freiließ, dazu kurze, hinten geschlitzte Servierschürzen.

„Erste Vorspeise: ..."

Aber keines der acht Fleischgerichte stellte den Veganer zufrieden. Auch nicht das Rinderfilet vom Kalb. Miesmuffelig schaufelte er Essen in sich hinein. Auch die Weine schienen dem Antialkoholiker zu missfallen. Er schüttete schnell viel Vega Sizilia und Schnaps in den dünnen Hals. Und zog weißes Pulver in die dicke Nase.

Nichts munterte ihn auf. Auch nicht die Bestrafung der schwarzen Serviersklavin, die sich bäuchlings über den Tisch legen musste, um symbolische Peitschenhiebe auf den nackten Hintern zu empfangen. Um 22:15 Uhr fiel er völlig besoffen mit dem Kopf auf den Tisch, und schlief ein. Wie ein Kind trugen sie Kaktus ins Bett, deckten ihn zu, und schlossen die Schlafzimmertür.

Laut Plan wollte Kaktus nach jedem Gang und insgesamt acht mal „kopulieren". Er hatte sogar mit Strichmännchen die Stellungen gezeichnet. Sie aßen und tranken kichernd, schnappten das Kuvert mit dem Geld, und bestellten ein Taxi. „Der hat voll was anne Klatsche!", sagte die Rheinländerin überzeugt, und warf den Plan in den Mülleimer. „Aber so was von!"

Kaktus warf ein paar Aspirin in den Brummschädel,

und ließ sich das Frühstück auf's Zimmer bringen. Weil er gestern den Tag auf dem Kongress, und den Abend mit seinem Gelage verbracht hatte, war die Gruppe seit über 24 Stunden ohne Führung!

Sobald er wieder halbwegs klar denken konnte, rief er die Nachrichtenflut ab. Mobiltelefone sind hervorragend geeignet, um Menschen zu kontrollieren und zu beherrschen. Die militanten Umweltschützer der NSAEVAR waren immer mit den neuesten Modellen ausgerüstet, die unter grauenhaften Arbeits- und Umweltbedingungen in Asien hergestellt werden. Alle Mitglieder mussten dem Führer täglich per SMS und E-Mail Bericht erstatten.

Kaktus brauchte 45 Minuten, um die Informationsflut zu verarbeiten, die sechs händisüchtige Menschen in 24 Stunden verursachen. Dann wusste er exakt, wer wann was getan, oder versäumt hatte. Es gab auch schon Nachrichten von heute. Um 12 Uhr meldete Petra: „Peter hat um 11:35 Uhr eine ganze Zigarette geraucht!!"

Kaktus notierte: „Einzelgespräch mit Peter führen!"

Um 12:31 meldete sich Peter mit schlechtem Gewissen: „Es war bloss eine Mentholzigarette aus Naturtabak ohne Zusatzstoffe mit biologisch abbaubarem Filter und ..."

„An alle! Kongress dauert noch bis 18 Uhr", simste Kaktus. Dann legte er sich wieder hin, und hielt den Eisbeutel auf den schmerzenden Kopf. Wenn der Verkehrspsychologe etwas nicht wollte, dann mit dem Auto und Restalkohol von Düsseldorf nach Hause fahren.

Erst, als er abends zu Hause war, erfuhr er die absolute Katastrophennachricht.

„Sie hat überlebt", sagte Petra kleinlaut.

„Versager!!", brüllte Kaktus den Sensenmann an.

„Isch muss dringend in Kostem ermiddele",

behauptete Karl am Freitag mittag.

„Babbel kä Scheißdreck", lachte Erna, und gab ihm Geld. Karl war schon seit 20 Jahren auf keiner Bank mehr gewesen, weil Erna alle Finanzen regelte. Eine Bankkarte hatte er auch keine. Er würde sowieso die Nummer vergessen, oder die Karte verlieren.

Es war allerhöchste Zeit, die Freiluftsaufsaison zu eröffnen. Also setzte er sich „uff's Rädsche" und fuhr los. Bei den Kostheimer Messerstechern, auch „Nikeloose" genannt würde er anfangen, sich bis nach „Kassel" vorkämpfen, und auf dem Rückweg vielleicht in Mainz ...

„Arschloch!", rief Karl auf der Eisenbahnbrücke. Jetzt hatte man den Radweg der Brücke schon breiter gemacht, aber idiotische Triathleten brauchten trotzdem die ganze Breite, weil die Deppen dauernd auf ihre Tachos mit 36 sinnlosen Funktionen stierten, statt auf den Weg.

In Kostheim musste er feststellen, dass die schmale Herrenstraße mit Autos verstopft war, so weit das Auge reichte. Selbst der Briefträger kam kaum durch.

„Wassen hier los?", fragte Karl.

„Um diese Zeit", erklärte der Briefträger, „werden alle hochbegabten Kinder in der Carlo-Mierendorffschule mit dem Auto abgeholt. Die schlausten mit dem SUV."

„Sinn die Kostemer Kinner aach alle hochbegabt?"

„Ja", sagte der Briefträger. „Hochbegabte Kinder erkennt man daran, dass sie nicht laufen. Das ist schlecht für's Gehirn. Deshalb werden die alle gefahren."

Karl schüttelte den Kopf und zeigte auf eine kriminell parkende Mutter. Auf ihrer Heckscheibe stand in großen Buchstaben die Parole: „Klagt nicht, kämpft!"

Karl: „Gesche was kämpft die dann?"

Briefträger: „Die kämpft dagegen, dass ihr hochbegabtes Kind über 100 Meter bis zur nächsten Bushaltestelle laufen soll. Das ist unzumutbar."

Die erste Tankstation in Kostheim war „es Beizje", weil man hier alle Nachrichten erfuhr. Neue und Alte.

Wilfried der Akkordeonspieler erzählte die neueste. Ein Kostheimer ging abends auf der Maaraue spazieren, als ihn vier Jugendliche umringten, und sein Handy forderten. „Seid ihr sischer, dass ihr moi Händi wollt?", hatte er gefragt. Als sie die Frage bejahten, verprügelte er alle. Als pädagogische Maßnahme nahm er ihnen die Mobiltelefone ab. Das war die neueste witzische Nachricht.

Die älteste witzische Nachricht erzählte ihm der legendäre Ludwig. Das war der alte Held, der sich im Suff mit der Kombizange fünf vereiterte Zähne zog, weshalb ihn sein Zahnarzt wegen „Selbstverstümmelung" anzeigen wollte. In Wirklichkeit war der Doktor sauer, weil alle Arztpraxen schließen müssten, wenn das jeder täte.

Ludwig der Pointenkönig, saß an der Theke, drehte Zigaretten und erzählte. Mainz im April 1945. Mutter hauste mit dem zwölfjährigen Ludwig und der zehnjährigen Schwester in Trümmern. Es gab nix zu fressen, aber viel Zeit zum Nachdenken, wie man welches kriegen könnte, weil es keine Schule gab. Halb wahnsinnig vor Hunger schlich Ludwig durch die Ruinen, bis er ein Haus ohne Dach, aber mit intakter Fassade entdeckte. Sogar der Schlüssel steckte noch in der Haustür. Dahinter war das Gebäude völlig zerstört. Der kleine Lui wartete, bis ein amerikanischer Soldat vorbei kam. Er zeigte ihm den Schlüssel, rief „mei elder Sister" , deutete mit den Händen Brüste an, und forderte „feif Dollar!".

Der geile GI gab ihm das Geld, nahm den Schlüssel und öffnete die Tür. Ludwig rannte um sein Leben, „unn dann habbe mir drei gefresse wie die Bleede. Corned Bief, Kekse, Weißbrot ...“

Weil die Erzählung hungrig machte, marschierte Karl den weiten Weg vom Beizje bis zum Hoffest „bei de Hohmänner“. Hier gab es Wurstbrote von Schweinen, die liebevoll und ökologisch korrekt gefüttert wurden, bevor man sie in Dosen stopfte, und auf's Brot schmierte.

Zuerst kam die schlechte Nachricht. Familie Hohmann stellte den Kartoffelanbau ein. Nie wieder würde die gute Ute mit dem Sackkarren zentnerweise Erdäpfel durch den Ort schleppen. Rentierte sich nicht mehr, weil die Fertigfraßesser nicht mehr wissen, wie man Kartoffeln schält und zubereitet.

Aber dann kam die gute Nachricht. Es gab noch „Kostheimer Traubentaucher“. So hieß der Wein, weil der stärkste Mann von Kostheim bei der Traubenlese „es Übbergewischt“ verloren hatte, und mit der Bütt in die Maische gefallen war. Mit einem eleganten Kopfsprung.

Nach ein paar Schoppen setzte sich Karl auf's Rad und fuhr weg, damit ihn nicht wieder humorlose Polizisten völlig betrunken vom Drahtesel zerren, und respektlose Amtsrichter als „schweren Alkoholverkehrsstraftäter“ zu einer unverschämt hohen Geldstrafe verurteilten.

Auf dem weiten Weg nach Kassel machte er auf der Maaraue Zwischenstop bei Rudi. Der erzählte, dass man ihm schon drei Mal den Führerschein abgenommen hatte. Nach dem letzten Mal war er mit dem Auto zur Polizeistation „In der Witz“ gefahren, und hatte den Beamten als „Dankeschää“ eine Flasche Sekt gebracht, aber die undankbaren Ordnungshüter beschlagnahmten deshalb auch noch sein Auto. Rudi war halt eine Frohnatur.

Karl radelte weiter. Als er an der Bastion Schönborn vorbei kam, spürte er einen Drang namens „Dorscht!“.

Das Attentat: Werthaltig, nachhaltig, klimaneutral.

„Scheiße“, seufzte Luise Neumann und stieg in den Jaguar. Sie musste zu einer geschäftlich-privaten Feier, wo man nicht hin will, die man aber nicht absagen kann. Also fuhr sie über die Theodor-Heuss-Brücke in die hessisch besetzte Zone von Mainz und suchte einen Parkplatz an der „Bastion Schönborn“. Es gab keinen. Am Rheinufer drängelten sich Hunderte wie Japaner im Badeurlaub. Wie Ölsardinen drängelten sich Besucher auf der schmalen Strandbar, um mit grauenhafter Musik berieselt zu werden, und 4,50 Euro für einen Weinschorle zu zahlen. Der fleißige Wirt mit den langen Haaren und den Hasenzähnen hatte die ehemalige Pferdetränke der Reduit in eine gastronomische Goldgrube verwandelt.

„Wenn's modern iss, singt mer Bumbernickel in de Kersch“, murmelte Luise und fand einen nicht ganz korrekten Parkplatz unter der Brücke. Das Auto ragte ungefähr 2,50 Meter unter dem Brückengewölbe Richtung Reduit heraus. Sie stieg aus und ging spazieren, weil im reservierten Obergeschoss der Bastion das diktatorische deutsche Rauchverbot herrschte. Luise wollte sich bewegen und auf Vorrat rauchen, um das lange Herumsitzen ohne Zigaretten besser zu ertragen.

„Unser Wagen wird bestimmt abgeschleppt“, jammerte der Sensenmann, als sie der Kettenraucherin über die Fußgängerbrücke zur Maaraue folgten.

„Dann park ihn woanders!“, zischte Petra. Sie war immer noch sauer auf den Sensenmann, weil der Depp den falschen Sprit in den Leihwagen gefüllt hatte. Die Reparatur sollte er mal schön privat bezahlen, statt auf Kosten der Organisation.

Die Neumann blieb einen kurzen Moment auf der Brücke stehen, warf eine Kippe ins Wasser, und steckte sich eine neue auf die Zigarettenspitze.

„Verdammte Umweltsau!“, fluchte Petra.

„Meine Blütenallergie“, jammerte der Sensenmann mit näselnder Stimme, und bekam einen Niesanfall. Der untergewichtige Veganer hatte Mühe, der alten kettenrauchenden Fleischfresserin zu folgen, die mit kräftigen Schritten Richtung Maarau marschierte. Er fing an, asthmatisch zu schnaufen.

„Deine Schnauferei hört man zwei Kilometer gegen den Wind!“

Abermals wurde der Sensenmann von einem Niesanfall geschüttelt. Auf der Höhe vom Campingplatz hatte die Neumann schon 50 Meter Vorsprung. „Ich bekomme Wadenkrämpfe“, jammerte er.

Und gleich wieder Schwindelanfälle, dachte sie. Mit einer solchen Pfeife konnte man nicht gegen Raucher, Säufer, Fleischfresser und Tiermörder kämpfen. Aber alle in der Gruppe waren solche Pfeifen. *Alle, außer mir und Kaktus*, dachte Petra.

Plötzlich sah sie, wie zwei spielende Kinder kleine Steine in den Rhein warfen. Sie packte den Sensenmann am Kragen: „Du fährst mit dem Wagen nach Hause! Hol das Tandem mit dem Anhänger! Bring einen Rucksack und zur Tarnung Fotoausrüstung mit. Warte mit dem Rad auf dem Brückenkopf! Mach schon! Sofort!“

„Was willst du ...?“

„Du sollst tun, was ich sage! Jetzt!“

Schnaufend und niesend ging der Sensenmann zurück zum Leihwagen. Petra folgte der Neumann. „Heute mach ich dich platt!“, sagte sie entschlossen.

„Wo bist du?“, fragte Petra in ihr Smartphone.

„Auf dem Weg“, schnaufte der Sensenmann in sein Telefon.

„Mach bloss nicht schlapp!“, warnte Petra und legte auf. Die Umweltsau war eine Stunde kettenrauchend über die Maaraue spaziert. Am Kostheimer Weinprobierstand hatte die Alkoholikerin eine Weinschorle getrunken. Beim Hundesportverein hatte die Fleischfresserin ein Wurstbrot gefressen. Dann war sie in der Bastion Schönborn verschwunden. Die antialkoholische Veganerin Petra ging in dieser widerlichen Brutstätte des Alkoholismus auf die Toilette. Die Tiermörderin saß fressend und saufend zusammen mit anderen Fressern und Säufern in dem reservierten Raum neben der Toilette. Es roch nach Alkohol und Fleischgerichten.

Angeekelt verließ Petra das Lokal. Sie rechnete damit, dass es lange dauern würde, bis die Neumann zurück zu ihrem Auto ging. Petra ging zum Rheinufer. Sie suchte Steine, um ihren Rucksack damit zu füllen.

Der Plan war ebenso einfach wie todsicher und ökologisch korrekt. Es war völlig egal, wohin die Neumann ging. Auf dem Rückweg zum Auto musste sie unter der Brücke hindurch gehen. Es war sogar wurscht, von welcher Seite die Fleischfresserin zum Auto ging. Auf beiden Seiten war die Brücke 15 Meter hoch. Ein Rucksack, es war egal welcher, würde vom Brückengeländer auf die Tiermörderin fallen. Ein Rucksack voller Steine. Es war auch egal, wie lange sie dort oben warten mussten. Dort standen öfter stundenlang Menschen mit Rucksäcken und Fotoausrüstungen. Es würde nicht auffallen. Und weil es oben auf dem Brückenkopf keine Parkplätze gab, mussten sie klimaneutral mit dem Fahrradtandem fliehen. Der Plan war perfekt.

„Ich darf nicht versagen!“, murmelte der Sensenmann, und wurde von einem allergischen Niesanfall geschüttelt. Er war von der Maaraue zurück zum Leihwagen an die Reduit gehetzt. Das Auto war nicht mehr da. Angeblich war es eben abgeschleppt worden, weil sie jemand zugeparkt hatten. Er ging zum Kasteller Bahnhof und nahm ein Taxi.

Das Taxi brauchte ewig nach Mainz, weil die Schiersteiner Brücke immer noch gesperrt war, weshalb sich eine Blechlawine im Schritttempo über die Theodor-Heuss-Brücke wälzte. Außerdem hatte es den täglichen Auffahrunfall am Brückenkopf gegeben.

Zuhause musste der Sensenmann das Tandem aufpumpen, den Anhänger ankuppeln, und die Fotoausrüstung suchen. Er fand einen Apparat mit Stativ und einen ohne. Beide legte er in den Anhänger und fuhr los. Das Tandem war bleischwer, und der Akku hatte nicht mehr viel Saft. Petra rief dauernd an, und drängelte. Kurz vor der Brücke fragte sie, ob er den Rucksack hätte. Scheiße, den hatte er vergessen. Er wendete das sperrige Ding, fuhr zurück, legte einen Rucksack in den Anhänger und radelte wieder Richtung Brücke. Seine dünnen Beine zitterten, ihm wurde schwindlig. Die brennende Sonne wegen der Klimaerwärmung machte ihn fix und fertig. Der Ozonwert musste kriminell hoch sein, die Feinstaubbelastung nicht weniger. Beim Anstieg auf die Brückenmitte machte der Akku schlapp. Der Strom aus der Steckdose, geliefert von tschechischen Kohle- und französischen Kernkraftwerken, war alle. Der Umweltschützer musste absteigen und das Rad schieben. Mit letzter Kraft schleppte er sich und das E-Tandem und den Anhänger mit dem „Atomkraft-nein-Danke-Aufkleber“ zu Petra.

„Du verdammte Pfeife!“, schrie sie wütend und zeigte auf die Uhr.

Das Tandem blieb bei ihr. Er musste mit dem Fotoapparat und dem Rucksack auf die andere Brückenseite. Er überquerte die Bushaltestelle und ging die Fußgängertreppe nach unten, um Steine zu suchen. Mühsam kletterte er über den Zaun auf das ehemalige Gelände von Kies Menz, stürzte und schlug sich das Knie auf. Er füllte den Rucksack mit Kies, bis er prall voll und bleischwer war. Aber er schaffte es nicht, den schweren Rucksack über den Zaun zu wuchten. Bei 1,90 Meter Größe und 67 Kilo Eigengewicht hatte er nicht genug Kraft, um 30 Kilo über den mannshohen Zaun zu heben. Nach dem zehnten Versuch gab er auf. Erschöpft rief er Petra an.

„Vollidiot!“, brüllte sie ins Telefon. „Geh hinten rum, statt über den Zaun zu klettern!“

Tatsächlich, hinter dem alten Kran war das Gelände offen. Man musste gar nicht über den Zaun klettern. Er schleifte den Rucksack schwitzend zur Treppe, und wuchtete ihn stufenweise hoch. Dabei fiel die umgehängte Kamera runter und schlug auf die Steintreppe.

„Die Kamera ist kaputt“, schnaufte er ins Telefon.

„Du Arschloch! Die Kamera ist doch nur zur Tarnung!“

Schwitzend, schnaufend und niesend schleppte er den Rucksack hoch. Oben hielt er sich schwindlig am Geländer fest, genau über der Brückendurchfahrt, und versuchte sich zu konzentrieren. Wenn die Fleischfresserin von dieser Seite zu ihrem Auto lief, würde er den Rucksack auf das Geländer stellen, und mit tödlicher Wucht und Präzision genau auf ihren Kopf fallen lassen. Dann würde er hinüber zu Petra und dem Fahrrad rennen, um gemeinsam mit ihr zu fliehen. „Ich darf nicht versagen“, schnaufte er atemlos. Als er etwas ruhiger atmete, rief er Petra an: „Ich bin bereit!“

Er musste stundenlang warten. Das Knie wurde dick und fing an, schmerzend zu hämmern. Auch die genähte Bisswunde im Gesicht schmerzte. Und die Phantomschmerzen in der linken Hand wurden unerträglich.

Um 20 Uhr stellte sich eine Hobbyfotografin neben ihn und baute ihr Stativ auf. „Das ist einfach der schönste Platz, um den Sonnenuntergang zu fotografieren“, sagte sie begeistert. Der Sensenmann schwitzte Blut und Wasser, bis sie um 21:15 Uhr wieder verschwand.

Um 21:30 Uhr wurde es dunkel. Um 21:45 Uhr kamen drei Jugendliche auf ihn zu. Sie trugen rote Rap-Mützen und das Gangabzeichen der „Kostheim Nomades“.

„Hast du Zigarette?“, fragte einer freundlich.

„Ich bin Nichtraucher!“, sagte der Sensenmann empört.

„Was willst du, Alder?!“, fragte der zweite, rückte ihm auf die Pelle, und drängte ihn gegen das Geländer.

„Gib mir Händi!“, sagte der dritte und gab ihm einen Kick in den Magen. Als er deshalb mit dem Oberkörper nach unten klappte, erhielt er einen Kopfstoß. Das ganze ging blitzschnell. Die drei rannten mit dem Smartphone und der Kamera die Treppe zum Rheinufer runter. Den Rucksack ließen sie stehen, weil er „voll scheiße schwer war“, wie einer schimpfte. Und die Kamera ließen sie gleich wieder fallen, weil die „voll scheiße kaputt“ war.

Der Sensenmann humpelte mit dickem Knie, Bauchschmerzen und geplatzter Lippe hinüber zu Petra.

„Hauptsache, du hast den Rucksack!“, sagte Petra und schickte ihn wieder auf die andere Seite. Das Attentat musste jetzt nachhaltig mit einer ökologisch-korrekten Waffe, einem klimaneutralen Fluchtfahrzeug, und werthaltig ohne umweltschädliche Digitaltechnik erfolgen.

„Tschühüs!“,

sagte Luise zum Abschied. Sie war reichlich angeschickert. Alkohol war ein Helfer in allen Lebenslagen. Er half auch solche Feiern erträglich zu finden, und mit zunehmender Dauer sogar „witzisch“ zu finden. Zum Schluss hatten sie lange auf der Terrasse der Bastion gestanden. Sich einmal in der Woche zu betrinken, ist besser als zum Psychologen zu rennen. Und billiger.

Sie kramte das Händi aus der Handtasche, um ein Taxi zu rufen. Da merkte sie, dass die Zigaretten knapp wurden. Also erst zum Auto, Kippen holen. Sie ging steifbeinig um die dunkle Reduit herum, als sich ein Mann in Motorradkluft breitbeinig in den Weg stellte.

„Ei Guude, du alt Schnecksche!“, krähte der Kleine mit dem großen Schnurrbart.

„Muddi, du Schnorreswackeler!“, lachte Luise.

Es war Freitag und der 1. Mainzer Motorradklub hatte Clubabend. Luise entschied, dass ein Bier nach dem vielen Wein jetzt gut tun würde. Vielleicht auch eine der berühmten Schnapskreationen, die Mutti zusammenbraute. Außerdem konnte man hier rauchen. Sie trank ein kühles Bier aus der Flasche und babbelte sich fest.

„Wo bleibt denn die Alte!“, zischte Petra 100 Meter weiter, 15 Meter hoch über Luises Auto. Seit Stunden stand sie am Geländer auf dem Brückenkopf. Zur Tarnung hatte sie die Fotoausrüstung aufgebaut. Auf dem Boden stand der Rucksack, prall gefüllt mit Steinen, die sie auf dem ehemaligen Gelände von Kies Menz zusammen gesucht hatte. Neben ihr stand als Fluchtfahrzeug das Tandem. Der Sensenmann lauerte auf der anderen Brückenseite mit seinem Rucksack. Alles war organisiert, alles war perfekt. Nur das Mordopfer fehlte.

„IschgehnochzudeMopedfahrer“,

verkündete Karl Napp, und meinte damit den 1. Mainzer Motorradklub um die Ecke. Er stand an der Theke vom BMW-Club in „de Redutt“. Unzählige Vereine hausten in den dicken Festungsmauern. Der Vorsitzende vom BMW-Club kam aus einer alten Marionettenspielerfamilie, und hatte Schoten aus dem Schausteller- und Artistenmilieu erzählt, was man nicht verwechseln darf, weil beim fahrenden Volk die Artisten früher mit Verachtung auf die Schausteller herab sahen.

„Tschee!“, grölte Karl, und verabschiedete sich von dem Schäferhund, der kerzengerade auf dem Sofa saß, um seinen schlafenden Herrn zu bewachen.

„Fahr nicht so schnell“, rief Christian.

„Isch hab e Ausnahmegenehmischung“, lallte Karl, stieg auf das Rad und fiel um. Also doch besser schieben. Den ganzen weiten Weg rechts um das alte Gemäuer herum bis zum Einkehrschwung bei den Mopedfahrern. Er lehnte sein Fahrrad an das dickste Motorrad, ging in den Klub, und rief: „Frolleinsche! Dorscht!“

„Hoho“, lachte Lulu hinter der Theke.

„Haha“, begrüßte Luise ihren Privatdetektiv.

Eine Stunde später waren ihre Zigaretten endgültig alle. Sie wollte zum Auto gehen und welche holen.

„Ischgehmit“, erklärte Karl Napp seiner Auftraggeberin lallend. „Geleitschutz!“

Sie gingen zum Auto unter der Brücke, und stießen dabei kichernd zusammen, weil sie betrunken waren.

„Jetzt mach ich dich platt!“, sagte die ökologischkorrekte Attentäterin oben auf dem Brückenkopf und wuchtete den klimaneutralen, 25 Kilo mordsschweren Rucksack auf das Geländer.

„Im Gleichschritt, marsch!“,

befahl Luise. Sie versuchte mit Karl Napp im Gleichschritt zu gehen, um ihn dabei festzuhalten. Der Hutsimpel wollte sie die 100 Meter bis zum Auto begleiten, war aber schon nach den ersten Schritten hingefallen. Karl hatte zu viele von Muttis Schnäpsen gesoffen. Und jetzt traf ihn der große Gong, als er aus dem Klubraum in die frische Nachtluft kam.

Sie hielt ihn im Arm, und kommandierte: „Links!“

Karl brabbelte Unfug, und setzte den linken Fuß vor.

„Rechts!“

Karl brabbelte Unfug, und setze den rechten Fuß vor.

„Klappt doch!“, lachte Luise. Als Mädchen war sie in der Mainzer Ranzengarde mit gelaufen. Das Marschieren im Tritt beherrschte sie auch betrunken.

„Ein-unn-dreißisch, zwei-unn-drei-ßisch“, sang sie laut.

„Lewwer-worscht unn Sauer-kraut!“, grölte Karl lallend und schaffte es beinahe, im Takt zu bleiben.

So kamen sie weitere 30 Meter vorwärts. 10 Meter vor der Brücke wollte Karl etwas erzählen, verlor dabei aber den Takt, und fiel hin. Luise fiel mit um. Kichernd rappelten sich beide wieder hoch.

„Links!“, rief Luise, und gickelte wie junges Mädchen.

„Grzmmblbliwfff“, lallte Karl, und stolperte weiter.

„Säufer!“, zischte die humorlose, antialkoholische Attentäterin oben auf der Brücke. Sie hatte nicht damit gerechnet, dass die Neumann nicht allein war. Aber sie traute sich zu, den Rucksack so gezielt 15 Meter tief fallen zu lassen, dass er nur die Fleischfresserin tötete. Sie versuchte den Zickzackkurs der beiden zu berechnen, und stellte den 25 Kilo schweren Rucksack entsprechend auf das Geländer. Nur noch fünf Meter!

„Bei Fuß!“,

rief der Mann immer wieder, als er durch die Kasteller Fußgängerunterführung zum Rheinufer ging. Aber die vier Pudel zerrten wie Schlittenhunde an der Leine in seiner rechten Hand. Das war ärgerlich, weil er in der linken Hand ein Bier hielt. Das gute Bier schäumte und schwappte aus der Flasche, weil die blöden Pudel so zerrten. Die Viecher hörten einfach nicht auf ihn, aber seine Frau hatte ihn rausgeschickt, weil sie einen spannenden Film sah. Die kläffenden Pudel störten dabei. Sie kläfften, weil sie dringend Gassi gehen mussten.

„Scheiß Hunde!“, maulte der Mann, und ließ sich aus dem Tunnel ins Freie ziehen. Sie hatte die Pudel gewollt. Warum musste er mit diesen Tölen Gassi gehen, obwohl er gar keine Hunde gewollt hatte?

„Scheiß Weiber!“, meckerte der Mann, als ihn die vier Pudeldamen links zur Brückendurchfahrt zogen. Als er kurz hoch sah, weil er im Gehen an der Flasche nuckelte, sah er oben einen Fotografen stehen, der seinen Apparat in den Nachhimmel richtete, und sich auf einen Rucksack stützte, den er auf das Geländer gestellt hatte.

„Scheiß Fodografe!“, maulte der Mann, als ihn die Pudel durch die Brückendurchfahrt zogen. Auf der anderen Seite der Durchfahrt sah er ein besoffenes Pärchen heran torkeln. Die beiden hielten sich gegenseitig fest.

„Wie kann mer so voll soi!?“, meckerte der angetrunkene Pudelhalter. Im gleichen Moment stolperte er über eine leere Getränkedose. Er konnte sich zwar abfangen, ließ dabei aber die Leine los.

„Bleib!“, rief er laut und vergeblich. Die kläffenden Pudel rasten wie die Irren auf das besoffene Paar zu, und zogen dabei die Leine hinter sich her.

„Mussbrunze!“,

lallte Karl Napp fünf Meter vor der Brücke, blieb stehen und fummelte ungeschickt an seinem Hosenlatz herum.

Seufzend legte Luise den Autoschlüssel wieder in ihre Handtasche, drehte den Hutsimpel um, und hielt ihn von hinten fest, damit er beim Pinkeln nicht umfiel.

„Du bist wie e klää Kind!“, lachte sie.

„SaachtdieErnaaachimmer!“, stimmte Karl zu, und versuchte Muster auf den Asphalt zu pinkeln.

„Ich werde gleich wahnsinnig!“, fluchte die Attentäterin oben auf dem Brückenkopf. Zu allem Überfluss kam jetzt ein Auto aus der Reduit, fuhr links herum Richtung Brücke, leuchtete den Pisser mit den Scheinwerfern an, und hupte, weil er nicht an ihm vorbei kam.

„Mach Platz, Du Aff!“, rief der Autofahrer genervt.

„Dollbohrer!“, krakeelte Karl Napp. Wegen seiner Prostata konnte er nicht schneller pinkeln.

„Isch ruf die Bolizei!“, drohte der Autofahrer.

„IschbindieBolizei!“, lachte der Expolizist Karl Napp, drehte sich um, und pinkelte an das Auto.

Wütend zückte der Autofahrer sein Händi und rief die 110 an. Er war in der Kasteller Jocusgarde, wohnte aber außerhalb. Deshalb musste er mit dem Auto nach Hause fahren. Kaum hatte er aufgelegt, dämmerte ihm, dass er einen Fehler gemacht hatte. Erstens hatte er etwas getrunken, zweitens war er gegen die Einbahnstraße gefahren. Deshalb wollte er schnell rückwärts fahren. Aber jetzt stand ein weiteres Auto hinter ihm und hupte.

„Fahr reduur!!“, rief der Jocusgardist nach hinten.

„Warum sagst zu meiner Mama Hur!?“, brüllte der Hintermann wütend, und stieg aus. Er war Italiener und kam mit seiner Mutter von einer Familienfeier.

„Komm da weg!“, befahl Luise, und zerrte den krakeelenden Karl Napp von dem schreienden Autofahrer fort. Sie lehnte ihn gegen ihren Jaguar, damit er nicht umfiel. Gerade, als sie die Tür öffnen wollte, um die Zigaretten zu holen, rasten aus der Durchfahrt vier kläffende Pudel auf sie zu. Hinter ihnen rannte ein Mann her. Der Mann rief immer wieder „Bleib!“.

„Jetzt bist du fällig!“, zischte die Attentäterin. Luise Neumann stand genau 15 Meter unter ihr an ihrem Jaguar. Als die Fleischfresserin noch einen halben Schritt nach vorne ging, und den Oberkörper beugte, um mit dem Schlüssel ungeschickt das Schloss der Autotür zu treffen, gab sie dem Rucksack auf dem Geländer einen Schubs. Der Rucksack, prall gefüllt mit dem Gewicht von 25 Kilo schweren Kieselsteinen aus den Restbeständen von Kies Menz, stürzte in die Tiefe. Der dumpfe Knall nach einer Sekunde war so laut, dass man ihn oben hören konnte. Dann hörte man entsetztes Geschrei und infernalisches Hundegebell.

„Scheiße!!“, brüllte die Attentäterin, als sie sich über das Geländer lehnte, und nach unten sah. Petra drehte sich um, und zückte ihr Smartphone, um den Sensenmann anzurufen. Da fiel ihr ein, dass er kein Telefon mehr hatte. „Komm rüber!“, rief sie quer über die Bushaltestelle, aber der Trottel stand da drüben wie angewurzelt, und starrte in die Tiefe. Sie rannte schreiend über die Straße und die Bushaltestelle. Endlich drehte er sich um. Als er über die Straße humpelte, musste ein Auto bremsen, um ihn nicht zu überfahren. Weil das Auto überraschend bremste, fuhr ein anderes hinten drauf. „Schneller!“, brüllte Petra. Er humpelte, so schnell er konnte auf die andere Seite. Sie setzten sich auf das klimaneutrale Fluchtfahrzeug und fuhren los. Es war die

Höchststrafe, mit dem Sensenmann Tandem zu fahren. Er hustete, röchelte und jammerte wegen seinem Knie. Petra trat vorne wie blöd in die Pedale und furzte ununterbrochen, weil sie beim Warten zwei Tüten Bionüsse gefressen hatte. Um Gewicht zu sparen, warfen die beiden Umweltschützer den leeren Akku von der Brücke in den Rhein. Dabei drehte sie sich kurz um. Hinten auf dem Brückenkopf sah sie Blaulicht blinken.

„Hast du sie erwischt?“, fragte er schnaufend.

„Halt die Klappe!“, rief sie atemlos und furzte ihm ins Gesicht, weil sie stehend in die Pedale trat.

Nach der Brückenmitte bergab Richtung Mainz gewannen sie endlich an Fahrt. Sie wurden schnell und schneller. Irgendwie schaffte sie es, das sperrige Gefährt samt Anhänger mit einem Affenzahn links um die Kurve zu lenken, ohne umzufallen, und ohne jemand über den Haufen zu fahren. Beim Hilton rumpelten sie links ans Rheinufer. Auf der Höhe vom Rathaus machte der Sensenmann endgültig schlapp.

„Mein Kreislauf“, jammerte er noch, bevor er in Superzeitlupe vom Rad fiel. Vielleicht war er auch benommen von ihren methangashaltigen, die Ozonschicht schädigenden Fürzen. Sie legte ihn in den Anhänger, und fuhr mit übermenschlicher Kraftanstrengung weiter. Hinter der Eisenbahnbrücke suchte sie eine ruhige Stelle, um zu verschnaufen. Dann kippte sie den Anhänger um, um den Sensenmann zu wecken.

„Was tust du da?“, fragte er benommen, als er unsanft im Gras landete.

„Beweismittel vernichten!“, sagte sie entschlossen, und versenkte das klimaneutrale Fluchtfahrzeug im Rhein.

„Das ist umweltschädlich“, protestierte er schwach.

„Halt bloss die Fresse!“

„Die Dei iss doot!“

„Was zum Teufel ist hier passiert?“, fragte der Polizist entgeistert. Ein Riesentohuwabohu sondergleichen. Seine Kollegin verstand auch nicht, welches Drama sich hier abgespielt hatte. Wie denn auch? Die beiden Beamten von der Kostheimer Polizeistation „Weißes Haus“ kamen aus Braunschweig und Schwerin. Sie hatten schon große Schwierigkeiten, den hiesigen Dialekt zu verstehen, wenn er nüchtern gesprochen wurde. Und jetzt waren sie von lauter aufgeregten Besoffenen umgeben, die wirr auf die Polizisten einredeten, plärrten und brüllten. Da waren zwei Autofahrer, die nach Alkohol rochen, und gegen die Einbahnstraße gefahren waren.

Einer plärrte: „Der do hot moi Mudder beleidischt!“

„Der do hot uff moi Audo gebrunzt!“, schrie der andere und zeigte auf einen Besoffenen mit offenem Hosenlatz.

Der Pinkler zeigte aufgeregt hoch auf die Brücke und schrie „grzimmblawfff“, was immer das heißen sollte.

Dann war da ein Fußgänger mit Bierflasche in der Hund, der aufgeregt brüllte und heulte: „Die Dei! Do lieht se! Die Dei iss doot!“

Eine betrunkene Frau sagte gar nichts. Sie war kreidebleich, saß auf der niedrigen Steinmauer und rauchte.

Dazwischen tobten drei kläffende Pudel wie die Irren herum und machten einen Höllenlärm.

Zu allem Überfluss versuchte der Betrunkene mit dem offenen Hosenlatz auch noch zu fliehen. Er krabbelte auf allen vieren die Treppe zur Brücke hoch, zeigte nach oben und schrie: „Grzmnnoblü!!“

Zu zweit fingen ihn die Polizisten ein, und legten ihm Handschellen an. Aber der Trubel wurde nicht weniger.

„Der do hot an moi Audo gebrunzt!“

„Grzembbllmnidö!"
„Der do hot moi Mudder beleidischt!"
„Die Dei iss dooot!"

Deshalb riefen sie Verstärkung. Aber da kam schon jemand zu Hilfe. Ein völlig nüchterner Hüne mit Motorradkutte, der sich als Schließer im Zivilberuf vorstellte, und als Dolmetscher zur Verfügung stellte.

„Wer ist Diedodeido?", fragte die Polizistin aus Braunschweig ratlos. „Was heißt das?"

„Die do iss die Dei", sagte der Hüne und zeigte auf den Boden. Zwischen den lärmenden Hunden, die alle drei an einer Leine hingen, lag ein toter. Begraben unter einem Haufen Kieselsteine und einem aufgeplatzten Rucksack. Nur die leblosen Pfoten des Pudels ragten heraus.

„Die Lädie Dei iss doot!", rief der mit der Bierflasche, fiel heulend auf die Knie und grub die tote Hündin aus.

„Der Hund iss mausedoot", stimmte der kleine Motorradfahrer mit dem großem Schnurrbart zu. Auch er war wegen dem Höllenlärm vom Club zur Brücke gelaufen.

Da meldete sich die Kettenraucherin. Die war zwar auch betrunken, schien aber aufnahmefähig: „Schicken sie – hicks - eine Streife da hoch! Der Rucksack kam von, uups, da oben runtergeflogen!"

Der zweite Streifenwagen wurde zum Brückenkopf umgeleitet. Dort war nichts zu sehen, außer dem Auffahrunfall. Jedenfalls hatte die Polizei viel tun. Oben mit Blechschadenbewältigung, und unten mit erfolgreichen Alkoholkontrollen. Der Fahrer, der die Polizei gerufen hatte, hatte 1,5 und sein Hintermann 1,1 Promille. Hinzu kam Fahren gegen die Einbahnstraße. Karl Napp bekam eine Strafe über 80 Euro wegen „Wildpinkeln". Und Anzeigen wegen Sachbeschädigung, Beleidigung ...

„Die Dei iss doot!", heulte der mit der Bierflasche.

Was nun? Schlangengift auf den Vibrator!

„Hundehasser tötet Pudel!“, schrieb die Mainzer Allgemeine Zeitung. „Mord am Brückenkopf“ titelte die Bildzeitung. Ein Sturm der Entrüstung tobte. Tierschützer aus dem ganzen Rhein-Main-Gebiet riefen zu einer Spontan-Demo am Kasteller Rheinufer auf. Man demonstrierte gegen Tierfeinde, Hundehasser, Giftköder, undsoweiterundsofort. Blumen wurden am Tatort des feigen Mordes niedergelegt. Auch die Mitglieder der veganen und antirassistischen Tierschutzorganisation NSAEVAR demonstrierten mit. Gegen den faschistischen deutschen Jägerverband und die kapitalistische Fleischindustrie.

Nach der Demo zog Kaktus die beiden verhinderten Attentäter zur Seite und nahm sie ins Gebet. Er verlangte die tödliche Vollzugsmeldung, statt Pleiten, Pech und Pannen. Deprimiert fuhren sie mit dem Taxi zurück nach Mainz. Der Sensenmann wohnte in einem der Häuser, die er geerbt hatte, Petra als nicht gemeldete Untermieterin.

„Die werde ich anzeigen“, stöhnte der Sensenmann. Er sprach undeutlich, weil er eine dicke Lippe hatte.

„Wen willst du anzeigen?“, fragte Petra. „Die Fleischfresserin?“

„Nein“, jammerte der Sensenmann. „Ich meine die drei jungen Araber, oder Türken, die mich ...“

„Du scheiß Rassist!“, zischte Petra.

„Aber es waren doch ...“

„Halt die Schnauze und kümmer dich um den abgeschleppten Leihwagen!“

„Wie denn? Mein Telefon ist geklaut worden!“

Sie schwiegen eine halbe Stunde. Eine halbe Stunde lang hörte man nur den schnaufenden Atem des Sensenmannes, der dauernd die Nase hochzog.

Der Idiot geht mir auf die Nerven, dachte Petra und warf ihm ein Päckchen Tempotaschentücher an den Kopf. Aber der Sensenmann benutzte aus Prinzip keine Wegwerftaschentücher. Lieber zog er dauernd die Nase hoch.

Um nachzudenken, brutzelte sie in der Küche etwas zu essen. Wie immer gab es werthaltige Pommes mit nachhaltiger Tomatensoße, die wie Hund schmeckte. Danach ein Kilo Fruchteis aus veganischem Sirup ohne Zusatzstoffe, hergestellt aus klimaneutralen Bio-Zuckerrüben.

„Du musst mehr essen!“, befahl sie ihrem Vermieter. Aber der hatte keinen Appetit. Der tierische Kollateralschaden schlug ihm schwer auf den Magen.

„Drei unschuldige Tiere sind umgebracht worden, aber die Fleischfresserin lebt immer noch“, jammerte der Sensenmann. „Ich meine, wir kämpfen gegen Tiermörder und dabei sind bis jetzt schon ...“

„Jetzt reicht's!“, brüllte Petra. „Willst du mir Vorwürfe machen?! Du!! Mach doch einen besseren Vorschlag, wie wir die Alte umbringen können! Ich höre!!“

Der Sensenmann dachte angestrengt nach. Neulich hatte er irgendwo irgendwas gelesen. Wie war das noch mal?

„Wie wär's, wenn wir Schlangengift auf ihren Vibrator machen. Das ist absolut tödlich und ...“

„Schlangengift auf ihren Vibrator?!“, brüllte Petra. „Bist du völlig bescheuert, du sexistisches Arschloch!?“

Da rief Kaktus an und erteilte Befehle. Erstens: Sofort ein neues Smartphone für den Sensenmann kaufen. Zweitens: Sofort den abgeschleppten Leihwagen holen, und die Rechnung zahlen. Drittens: Die Neumann endgültig vernichten. Diesmal mit ...

„Jetzt ist sie fällig!“, zischte Petra. „Das überlebt sie garantiert nicht!“

Aber vorher war die große Anti-Neger-Demo fällig.

„Das Ernst-Neger-Logo muss jetzt weg! Stoppt den scheiß Rassistendreck!“,

rief die Vorsängerin in eine elektrisch verstärkte Flüstertüte, weil sie die Anti-Ernst-Neger-Logo-Demo anführte. Zur Freude aller Mainzer Eingeborenen ging der Demonstrationszug mitten durch die Stadt. Die meisten schüttelten nur die Köpfe. Alte Ernst-Neger-Fans hatten unter dem Motte „Rettet es Gänsje“ zwar zu einer Gegenveranstaltung aufgerufen, begnügten sich aber damit, schimpfend die Scheibenwischerbewegung zu machen. Einige warfen allerdings mit Tomaten, manche sogar mit Handkäs. Nur drei Witzbolde hatten sich schwarz angemalt, und wie das Neger-Firmenlogo kostümiert. Sie verteilten Zigeunerschnitzel und Mohrenköpfe an die antirassistischen Demonstranten.

Erna und Karl Napp sahen sich den Zirkus vom Balkon herunter an.

Karl: „Wenn die geesche die Musick vom Thomas Nescher demonstriere däte, dann dät isch mitmache.“

Erna musste lachen, als sie unter den Demonstranten ihre Lieblingsmieter Marianne und Heribert Schtolte entdeckte. Irgend jemand hatte neulich der ZDF-Schnepfe Marianne ihren schicken Fußabtreter mit Mainzelmännchen-Motiv geklaut. Sofort hatte sie den Mieter aus dem vierten Stock links in Verdacht. Weil der ein Pole war.

Auch sonst liefen alle möglichen und unmöglichen Menschen hinter dem „Stoppt–Ernst-Neger“- Banner her. Zum Beispiel Doktor Khan. Der Mann lebte in Mainz, arbeitete bei einem internationalen Konzern in Frankfurt und engagierte sich für die Belange der pakistanischen Gemeinde in Deutschland. Er kam aus einer angesehenen Grundbesitzerfamilie, und war sehr stolz darauf,

Paschtune zu sein, also dem „Stamm der Reinen“ anzugehören. Er war auch stolz darauf Sunnit zu sein, und kein schiitischer Ketzer. Als seine erste Ehefrau zu alt wurde, hatte er sie zurück nach Pakistan geschickt und eine neue geheiratet. Beide Frauen hatte er nach Herkunft und Hautfarbe ausgesucht. Nach einem fein abgestuften Farbkatalog in 17 Schattierungen war die Mitgift für eine Braut in „lightbrown“ höher als „middlebrown“, oder gar am Ende der Skala „darkbrown“.

Als fortschrittlicher Vater wollte er seinen beiden Töchtern eine gute Ausbildung ermöglichen. Im Moment besuchten sie den islamischen Kindergarten in Mainz. Und ganz sicher wollte er später keine Schule, wo sich Lehrerinnen wie Schlampen anzogen, oder sogar schwule Lehrer unterrichten durften. Wenn es bis dahin keine weiterführenden islamischen Schulen gäbe, würde er versuchen, sie auf's Maria-Ward-Gymnasium zu bringen.

Und jetzt demonstrierte er gegen Rassismus und Fremdenfeindlichkeit. Dabei achtete er darauf, der Afrikanerin neben ihm nicht zu nahe zu kommen. Die war nicht „darkbrown“, die war tiefschwarz. Und laut! Er mochte keine vorlauten Frauen in „darkblack“.

Und ganz vorne marschierte die NSAEVAR. Karl Napp schoss auf dem Balkon hoch wie eine Rakete, als er das Gesicht der Vorsängerin sah.

„Dess isse!“, schrie er aufgeregt. Es war das gleiche Gesicht, das er nachts über dem Geländer vom Brückenkopf gesehen hatte. „Die war's!“, schrie er, rannte auf die Straße, und schloss sich der antirassistischen Gott-weiß-was-für-einen-Unfug-Demonstration an.

„Jetzt iss de Kall ganz depp“, lachte Erna, machte die Scheibenwischerbewegung. Dann aß sie Sintoschnitzel und Schaumküsse mit afrikanischem Migrationshinter ...

„Frängie, schaff disch bei! Schnell!“,

plärrte Karl Napp ins Telefon.

Franky: „Ich sitze aber gerade im HDW und beobachte den Jammerlappenstammtisch.“

„Hock disch ins Audo unn komm! Sofort!“

Franky: „Ich bin mit dem Fahrrad hier. Ruf Herbert an!“

„De Herbert kann abber net fodografiere!“, brüllte Karl. „Unn isch aach net! Unn isch hab kään Führerschoi mehr! Die Hanna soll komme!“

„Die hat nur den Führerschein auf Probe.“

„Scheißegal!“, brüllte Karl. „Die Hanna muss mit em Audo komme, unn ä Fodohändi mitbringe! Jetzt!“

Hanna das gute Kind, setzte sich ohne Begleitperson in Karls Firmenwagen und raste zum Schillerplatz. Dort fand die Abschlusskundgebung der großen antirassistischen Anti-Ernst-Neger-Logo-Demonstration mit ungefähr 50 Personen statt. Eine kräftige Frau schrie noch einmal in die Flüstertüte. „Schluss mit dem Rassistendreck! Das Ernst Neger Logo, das muss weg!“ Dann rollten die wackeren Kämpfer der NSAEVAR ihre Fahne ein.

„Dess isse!“, sagte Karl.

Hanna fotografierte die Frau mit der Flüstertüte, und rannte wieder zum Auto. Karl folgte zu Fuß der Rucksackwerferin. Mit einem langen, mageren Kerl ging sie zu einem Leihwagen, der in der Emmerich-Josef-Straße parkte. Karl telefonierte Hanna herbei. Sie folgten dem Leihwagen in die Wiesbadener Innenstadt. Die beiden verschwanden in einem Altbau in der Dreipappelallee. Karl notierte alle Namen, die an der Klingel standen. Ein Diplom-Psychologe Heinrich Kaktus war auch dabei.

„Isch komm mit dene moderne Fodohändis net klar“, erklärte Karl seiner Praktikantin auf der Rückfahrt.

„Host du Krach mit Anti-Ernst-Nescher-Rassiste?“,

fragte Karl, und hielt ihr das Foto der Rucksackwerferin vor die rauchende Zigarettenspitze.

Luise zuckte die Achseln. „Nicht, dass ich wüsste. Bist du sicher, dass diese Frau den Rucksack geworfen hat?“

„Bombesischer!“, behauptete Karl.

„Wirklich?“, fragte Luise und sah ihn scharf an.

„Jedenfalls so gut als wie. Unn deshalb sollte mir jetzt zu de Bolizei gehe!“

Luise zog an ihrer Zigarettenspitze, und sah ihn noch schärfer an. „Karl, du bist ein Hutsimpel! Wir waren am Kasteller Brückenkopf sturzbesoffen. Welcher Polizist soll uns nach diesem Auftritt ernst nehmen?“

„Hoste aach widder rescht“, brummelte Karl. „Abber guck emol“, sagte er, und legte ein paar Seiten vor, die Hanna aus dem Internet gezogen hatte. Diese komische NSAEVAR demonstrierte anscheinend nicht nur gegen Ernst Neger, sondern auch gegen Ernst Jäger.

„Na und?“, fragte Luise. „Die rennen vielleicht durch den Wald, und sägen Hochstände an. Aber die vergiften keine Katzen und bringen keine Menschen um.“

„Hoste vielleischt Krach mit Wiesbadener?“, fragte Karl, und las alle Namen aus der Dreipappelallee vor.

„Ach, das Arschloch von Psychologe“, winkte Luise ab. „Der zockt nur arme Schweine beim Idiotentest ab. Hat der was mit dieser NSAEVAR zu tun? Weißt du, ob die Frau bei dem war? Vielleicht wohnt die einfach dort?“

„Dess prüft de Frängie grad nach!“, behauptete Karl, und beschloss, auch Franky von diesem Auftrag in Kenntnis zu setzen. Ansonsten beschloss er, ab sofort einfach Luise Neumann auf Schritt und Tritt zu begleiten.

„Karl Napp, der Bodyguard!“, lachte Luise.

„Das ist eine absolut tödliche Waffe“,

erklärte der Diplom-Psychologe Kaktus, und zog Handschuhe über seine dünnen Spinnenfinger, mit denen er noch nie im Leben irgend etwas sinnvolles gearbeitet hatte. Pedantisch öffnete er ein Kästchen. Darin lagen zwei Spritzen. Und eine Flasche. Vorsichtig nahm er die Flasche heraus und hielt sie in die Höhe.

„Was ist da drin?“, fragte Petra.

„Einhundertprozentiger Alkohol! Einer hält die Neumann fest. Der andere spritzt das Gift. Die Polizei findet eine tote Säuferin, die an Alkoholvergiftung gestorben ist. Fremdverschulden ausgeschlossen.“

„Genial“, staunte Petra. „Ich und der Sensenmann ...“

„Nein!“, sagte Kaktus. „Der ist psychisch zu labil. Wir beide werden diesen Auftrag ausführen. Du und ich. Mit tödlicher Präzision.“

„NSAEVAR“, sagte Petra mit leuchtenden Augen und hielt den tätowierten Arm hoch. „No SMOKE! NO ALK! EAT VEGGY! AGAINST RASSISM!“ sagte sie feierlich und blickte ihrem Führer fest in die Augen.

Kaktus: „Die Fleischfresserin wird in drei Tagen sterben. In der Nacht von Samstag auf Sonntag“.

Als Petra weg war, rief er Grabmal an, und forderte 50000 Euro. Schwarz. Zahlbar, sobald Luise Neumann tot war. Also am nächsten Montag. Das war eine kleine Retourkutsche, weil Grabmal für jeden MPU-Klienten, den er zu Kaktus schickte, Provision verlangte.

„Fer was soll isch 50000 Euro zahle?“

„Dafür, dass ich dir die Steuerprüfung vom Hals halte. Und den Entzug deiner Lizenz als MPU-Berater. Und den Entzug deiner Lizenz als Fahrlehrer. Und ...“

„Isch bezahl dess Geld!“, jammerte Grabmal.

„LEBT VEGAN!“,

stand in riesigen Buchstaben auf den Sandsteinmauern am Hang über Assmannshausen. Die Mauern an den steilen Weinbergen im Rheintal waren ideal geeignet, um nachts Parolen darauf zu sprühen. Alle Touristen auf den Rheindampfern sahen diese Kampfparolen. Man konnte sie auch gut lesen, wenn man auf der anderen Rheinseite die B9 entlang Richtung Koblenz fuhr.

„Das haben wir letzte Woche gemacht!“, sagte Petra stolz, und zeigte auf die Botschaft: „Reben töten!“

Petra fuhr den Leihwagen, Sektenführer Kaktus saß daneben, und machte Notizen. Er notierte sich weitere Stellen, um Parolen zu sprühen. Auf dem Rückweg würden sie über die A 61 fahren, um Autobahnbrücken als Werbeflächen auszusuchen.

„Jäger sind Möder!“, stand auf einer anderen Mauer, hoch über dem Weltkulturerbe Mittelrheintal.

Kaktus verzog das Gesicht, und notierte, dass seine Mitkämpfer das „r“ vergessen hatten. „Wer war das?“

„Na, wer wohl!“, sagte Petra, um ihren Fehler nicht zuzugeben.

„Einzelgespräch mit Sensenmann!“, notierte Kommandotruppführer Kaktus und befahl: „Jetzt links ab!“

Sie fuhr bei Sankt Goar hoch Richtung Hunsrückhöhenstraße und von dort in den hintersten Wald, wo er am dunkelsten war. Hier gab es noch nicht einmal Windräder, um nachhaltig die Landschaft zu verschandeln. Einer von Luise Neumanns Jagdkumpels hatte die Feier am Samstag auf seine idiotische Facebookseite gesetzt. Mit Datum, Ort, Zeit, und den Namen aller Gäste. Dümmer konnte man seinen Todestag nicht ankündigen.

„Wir sind da“, sagte Kaktus.

„Unser Machemoldessdo iss schlescht gelaunt“,

lachte Herbert Dickmilch, und Rudi bellte schadenfroh.

„Arschloch!“, sagte Franky und knallte die Tür vom Kompetenzzentrum zu. Er sollte: die drei Jammerlappen beobachten, alle Bewohner in der Dreipappelallee überprüfen, und dabei besonders den Psychologen. Und mit Karl sollte er sich als Luises Leibwächter abwechseln.

Franky war beeindruckt von ihrem Auftreten. In der Neubrunnenstraße machte sie den Chef der Volksbank rund. „Sie können mich mal mit ihrer nachhaltigen Umstrukturierung! Sie schmeißen Millionen für Marmorböden zum Fenster raus, um alle Filialen zu Spielcasinos umzubauen. Kunden wollen mit Menschen reden, und nicht mit Automaten! Die letzten Kassierer sitzen jetzt in der hintersten Ecke, wo sie keiner findet! Und ich habe als Sachbearbeiter dauernd einen anderen Bätscheler of Bankwesen, der keine Zinsrechnung beherrscht, mir aber Finanzprodukte andrehen will, die er selber nicht kapiert! Ich kann mein Geld auch woanders hin bringen!“

Beim rausgehen zwinkerte sie Franky zu, und einen Tag später hatte sie wieder ihren langjährigen Sachbearbeiter. Einen soliden Bankkaufmann alter Schule mit Realschulabschluss, der seinen Beruf beherrschte.

„Die Fleischfresserin hat jetzt zwei Bodyguards“, schäumte der Sensenmann vor Empörung. „Einen Alten mit Glatze und einen Jungen. Die verdammte Rassistin hält sich einen jungen Farbigen als Leibwächter!“

Franky war der Sohn eines GI’s aus Lousiana, der sich gleich nach seiner Geburt wieder zurück in die Staaten abgesetzt hatte.

„Täglich den Leihwagen wechseln!“, befahl Kaktus, legte auf, und ging mit Petra ins „Waldschloß“.

„Ekelhaft!“,

sagte Petra mit der Tarnperücke und klappte angewidert die Speisekarte zu. Es gab seitenweise Wildspezialitäten. Und Fisch aus dem hauseigenen Fischteich. Keine einzige vegane Speise. Weine bis zu 500 Euro die Flasche! Teure Schnäpse ohne Ende! Einfach nur widerlich! Diese asozialen Tiermörder und Alkoholiker!

Kaktus rief die Kellnerin und terrorisierte sie 20 Minuten lang mit irren Fragen zur Speisezubereitung. Schließlich bestellte er einen nicht zu stark aufgebrühten Früchtetee und eine Gemüsesuppe. Petra wollte Bionade, Pommes und Fruchteis der Marke „Das EIS“.

Danach gingen sie zur Rezeption. „Tut mir leid“, sagte die Frau. „Am Samstag sind wir total ausgebucht. Da kommt eine Jagdgesellschaft aus Mainz.“.

„Schade“, sagte Kaktus. Er ließ sich alle 12 Zimmer zeigen und den Lageplan geben. „Für später“, sagte er.

Petra blieb vor der unbewachten Rezeption stehen. Sie blätterte unauffällig in dem Ringbuch neben dem Telefon. „res. L. Neumann, Zi. 6“, stand da. Und dahinter stand „Raucher“.

Danach inspizierten sie das einsame Hotel-Restaurant von außen. Ein wahnsinniger Gastronom hatte das uralte Gemäuer am Ende der Welt gekauft, um sich lebenslänglich zu ruinieren. „Das Jagdschloß“ war eine ewige Baustelle mit irrsinnigen Denkmalschutzauflagen. Zimmer Sechs, „das Turmzimmer“ lag abseits auf der Rückseite. Der Turm stand direkt neben dem großen, dunklen Fischteich, und war halb eingerüstet.

„Wir werden eine Leiter brauchen“, sagte Kaktus und zeigte nach oben. Hoch über dem Gerüst sah man das Fenster von Zimmer Nummer Sechs.

„Die Beißzang“,

verkündete Chief-Executive-Officer Karl Napp, „fahrt am Samsdaach in de Hunsrück, unn bleibt übber Nacht. Wer von uns macht de Boddigard?“

Weder Senior Consultant Herbert Dickmilch, noch Chief-Assistent Franky fühlten sich angesprochen.

Herbert: „Am Samsdaach hot de Gesangverein Harmonie 120-Jahrfeier. Da kommt ganz Mummerum. Unn isch muss dauernd singe.“

„Wau“, stimmte Dackel Rudi seinem Herrn zu.

Franky: „Am Samstag ist mein Kumpel auf einem Bodybuilderwettbewerb in Darmstadt. Es geht um den internationalen hessischen Intercontinental-Meistertitel. Dafür hat mein Kumpel zwei Jahre lang trainiert. Ich muss da als Betreuer mit.“

„Also bin isch widder de Depp“, stellte CEO Karl Napp beleidigt fest.

„Genau“, sagte Herbert und zog grinsend an seinem Stumpen.

Franky: „Außerdem hab ich schon die letzten vier Wochenenden gearbeitet!“

„Unn isch werd bald 120 Jahr alt“, behauptete Herbert.

Karl rief Luise Neumann an: „Isch fahr am Samsdaach mit, unn bass uff disch uff!“

„Schnarchst du?“, fragte Luise.

„Nur, wenn isch die Heef hab“, sagte Karl. „Warum?“

„Weil das Hotel ausgebucht ist“, lachte Luise. „Wir werden in einem Zimmer schlafen müssen.“

„Isch kann aach vor de Düür penne, unn belle, wenn ääner kommt!“, schlug Karl vor.

Und ich nehme meinen kleinen Freund mit, dachte Luise. Damit meinte sie das alte Schießeisen.

Und jetzt trotzdem: Gift auf den Vibrator!

Der Sensenmann war beleidigt. Immer war er schuld, wenn etwas schief lief. Alle hackten auf ihm herum. Jetzt wollte er heimlich zeigen, was er drauf hatte. Das konnte er, weil er internet- und kaufsüchtig war. Als aktiver Umweltschützer kaufte er alles im Internet, damit unzählige schlecht bezahlte Paketauslieferer mit uralten Transportern erfolgreich die Feinstaubbelastung erhöhten. Ansonsten surfte er heimlich viel auf Sexseiten, und war fasziniert vom „tiefen Netz".

Zuerst kaufte er einen Vibrator. Dann machte er sich über Schlangengifte schlau. Diese Bio-Produkte zu kaufen, und damit zu hantieren, war nicht einfach. Einfacher war es, bei einem ukrainischen Händler ein synthetisches Gift zu kaufen, das durch Hautkontakt übertragen wurde, hier durch die Scheidenschleimhaut. Er zog Handschuhe an, schmierte das Zeug auf den Vibrator, packte ihn wieder in die neutrale Verpackung, und schickte diese an „Frau Neumann, Luise, persönlich".

Das Paket kam nie an, weil auch die Post – laut Eigenwerbung – werthaltig, nachhaltig und klimaneutral umstrukturiert war. Deshalb murkste der Konzern mit wechselnden Sortierern, wechselnden Fahrern von billigen Subunternehmern mit uralten Transportern, und wechselnden Briefträgern ohne Festvertrag herum. Zum Schluss war da eine Studentin, die mit Tagesverträgen in 13 Bezirken herumirren sollte, die sie nicht kannte und wo sie keine Briefkästen fand. Das werthaltige Paket mit dem vergifteten Vibrator wurde als „unzustellbar" vermerkt, und verschwand nachhaltig in der klimaneutralen Versenkung. Aber Luise hätte eh keinen Vibrator angerührt, den sie nicht bestellt hatte.

„Mach Platz du Idiot!“, knurrte Luise, und drängelte einen BMW von der Überholspur auf der A 61. Ein Auto müsse auch ausgefahren werden, hatte sie erklärt. Um die Ventile zu reinigen.

Karl hielt die Luft an. Bei ihrem Fahrstil war es ein Wunder, dass sie immer noch den Führerschein hatte.

„Früher bin ich auch Rennen gefahren“ , erklärte Luise bei Tempo 195. „Aber dafür bin ich jetzt zu alt. Die Augen und das Reaktionsvermögen lassen nach. Außerdem hab ich meine Brille vergessen.“

Karl schnallte sich jetzt doch besser an. Hin und wieder sah er in den Rückspiegel. Aber er glaubte nicht, dass ihnen jemand folgte. Die Tachonadel vibrierte jetzt bei 215 Km/h. Zum Glück hatte sie gerade eine neue Zigarette im Mund. Er fühlte sich jedes Mal unwohl, wenn sie herumfummelte, um sich eine neue anzustecken.

„Guudes aldes Maschinsche“, lobte sie den Jaguar.

„Was werd dann übberhaupt gefeiert?“, fragte Karl.

Luise gickelte. Der Sohn eines kürzlich gestorbenen Jägerkumpels wurde heute feierlich aufgenommen. Der Bub war 50 Jahre alt, lebte bei seiner Mama, und war etwas „dabbisch“, wie sie erklärte. Mit seinen dicken Brillengläsern traf er auf zehn Meter Entfernung keine Kuh. Aber seiner Mutter zuliebe nahm ihn der noble Jagdklub „Blattschuss“ in seine edlen Reihen auf.

„Wahrscheinlich ist der Bub schwul, aber seine Mama hat ihm verboten, schwul zu sein“, vermutete Luise.

„Jäger sind Möder!“, stand auf einer Autobahnbrücke.

Auf der Landstraße fuhr Luise halbwegs vernünftig. Als sie in ihrer Handtasche nach Zigaretten kramte, merkte sie, dass nicht nur die Brille fehlte. Die Pistole hatte sie auch zu Hause vergessen. Aber sie sagte nichts.

war das einzige bezugsfertige Zimmer im Turm. Es gab keinen Aufzug, sondern uralte, vom Zahn der Zeit zerfressene Holzstufen, die laut knarzten. Hier konnte keiner ungehört hoch schleichen. Noch ein paar Spinnweben, Blacky Fuchsberger als Held und Klaus Kinsky als Schurke, dann wäre die Kulisse für einen uralten Edgar-Wallace-Krimi perfekt.

Vor der Tür zückte Karl sein Schweizermesser und schraubte die Zimmernummer ab. Das heißt, er löste eine Schraube und drehte die Nummer 6 sechs so, dass sie jetzt wie eine 9 aussah. Dann schraubte er sie wieder fest.

„Wozu soll das gut sein?", fragte Luise.

„Dess verwirrt jeden Attentäter", behauptete Karl.

„Jedenfalls kann uns hier niemand Steine auf den Kopf werfen", stellte Luise beruhigt fest, weil das Zimmer ganz oben im Turm war. Noch weiter oben ging nicht.

Im Zimmer führte Karl eine professionelle Sicherheitsüberprüfung durch. Bei der Schrankkontrolle riss er die Tür aus dem altersschwachen Scharnier. Als er unter das Doppelbett krabbelte, griff er zielsicher in die gespannte Mausefalle. Dann öffnete er die schmale Balkontür und prüfte den Balkon. Der winzige Balkon war ursprünglich ein Erkerabord gewesen, das heißt, vor Jahrhunderten hatte Ritter Kunibert von hier oben herunter geschissen. Weil Karl Höhenangst hatte, lugte er nur vorsichtig nach unten in den Fischteich. Es waren geschätzte 17 Meter bis hier oben. Etwa sieben, acht Meter unterhalb des Balkons endete das Gerüst.

„Do kimmt kääner enuff!", sagte er mit felsenfester Überzeugung.

„Unn jetzt mache mer ääner druff", lachte Luise.

„Ei Guude, isch bin de Kall“,

sagte Karl beim Sektempfang, und gab allen Jägern die Hand. Das Durchschnittsalter mochte bei 72 Jahren liegen, auch wenn man bei der Gesamtjahresanzahl den jungen Nachwuchsjäger mit den dicken Brillengläsern berücksichtigte. Luise war die einzige Frau.

„Hast du schon wieder einen Neuen?“, fragte einer neugierig. „Der wievielte ist das denn?“

„Den da hab ich unterwegs gefunden“, sagte Luise, und zeigte auf Karl. „Den anderen hab ich zu Hause gelassen, weil er mir auf die Nerven geht. Er ist zu neugierig.“

„Wo gehst dann du uff die Jacht?“, fragte ein wackerer Waidmann, und stieß mit ihm an.

„Ibberhaupt net“, erklärte Karl, „Isch bin nämlisch Veschedarier, milidander Dierschützer, Bazifist, unn ...“

Jäger sind alle gleich. Es spielt überhaupt keine Rolle, ob sie Karnickel in Mommenheim, oder Bären in Kanada schießen. Als Karl den Witz von dem Saarländer auf Bärenjagd erzählte, war er voll integriert. Außerdem konnte er gut mitreden, weil Hobbyjäger Herbert seit Jahrzehnten pausenlos blödsinnige Jagdgeschichten und Märchen erzählte.

„Was schteht dann uffem Programm?“, fragte Karl.

„Der Jagdverein Blattschuss hat drei Programmpunkte“, erklärte Luise: „Fresse, Saufe, Dummbabbele.“

Sie erklärte auch, dass es streng verboten sei, über Geld und Geschäfte zu reden. Ernste Gesprächsthemen seien grundsätzlich unerwünscht. Leibwächter Karls Problem war, dass er nüchtern bleiben wollte. Schließlich war er ja nicht zum Spaß hier. Nüchtern ist das Gebabbel von Jägern aber absolut nicht zu ertragen. „Ääner kann isch jo tringe“, entschied er. „Odder aach zwää“.

„Warum bringen wir nicht alle um?“,

fragte Petra wütend. „Und fackeln die ganze Burg ab?“ Seit sie im Hotel gewesen war, kochte die Veganerin vor Wut. Überall hingen Bilder mit Jagdmotiven, Geweihe, und ausgestopfte Tiere an der Wand. Dazu alte Schwerter, Rüstungen und Vorderladergewehre. Es war so ekelhaft! Sie wollte all diesen faschistischen Tiermördern mit Schwertern die Finger abhacken, mit Schrotladungen die Füße zerfetzen, und sie dann ganz langsam ...

„Keine Emotionen!“, warnte Kaktus. „Wir dürfen nicht die Kontrolle verlieren.“

Petra biss sich auf die Lippen und sah durch das Fernglas. Der Parkplatz stand voller teurer Autos. Einige hatten Aufkleber wie „Jagd ist aktiver Tierschutz!“.

Sie richtete das Fernglas auf die dicke Schildmauer und den Turm. Hoch oben war die einzige Fensteröffnung auf dieser Seite der Burg. Es war die kleine Balkontür zum winzigen Balkon von Zimmer Nummer Sechs.

Vorgestern Nacht waren sie mit Taschenlampen leise auf das Gerüst geklettert. Das Gerüst stand da, weil die Steinfugen verputzt wurden. Kaktus hatte mit einem Lasermessgerät den Abstand vom Gerüst zum Balkon gemessen. Es waren genau 7,84 Meter. Gestern morgen hatten sie im Baumarkt eine Aluleiter gekauft. An einem Baum hatten sie geübt. Lautlos die Leiter anlegen, ausziehen, hochklettern. Das hatten sie auch heute Nacht im Dunkeln geübt. Jetzt warteten sie. Stundenlang.

„Und wenn die Alte nicht besoffen ist?“, fragte Petra.

„Die wird besoffen sein!“, sagte Kaktus. „Wenn nicht, ist es auch egal. Dort oben kann sie so laut schreien, wie sie will. Niemand wird hören, wie sie stirbt.“

Petra furzte leise, weil sie dauernd Nüsse knabberte.

„Unn deshalb freue mir Jäscher uns nachhaldisch, den junge Jachtfreund als vollwerdisches Mitglied im werthaldische Jachtklub Blattschuss zu begrüße“,

beendete der Vorsitzende seine Rede, was alle Zuhörer mit höflichem Beifall belohnten.

„Na endlisch“, murmelte Karl, weil er Hunger hatte. Aber da hatte er sich geschnitten, weil jetzt der junge Jagdfreund seine Dankesrede hielt. Der Apothekersohn mit den dicken Brillengläsern strahlte wie ein Honigkuchenpferd und begann sein ellenlanges Geschwätz mit den Worten: „Isch will misch kurz fassen.“ Als er sich 20 Mal verhaspelt, und alle Pointen versaut hatte, beendete Luise das Elend, indem sie laut „Blattschuss!“ rief.

„Blattschuss! Blattschuss! Blattschuss!“, brüllten alle Jäger im Chor. Das war das Zeichen, um endlich mit dem Essen anzufangen.

„Dange“, sagte Karl erleichtert zu Luise, schlabberte sein Karottencremesüppchen mit Jacobsmuscheln und trank dazu ein Glas Chardonay. Danach gab es Kalbfleisch mit Venusmuscheln, und dazu einen Rosee. Zwischendurch kam ein Erdbeer-Rhabarber-Sorbee.

„Gibt's dadezu nix zu saufe?“, fragte Karl enttäuscht. Als erste Hauptspeise gab es Rehrücken mit einem fetten Bordeaux. Weil das Reh so gut schmeckte, bestellte Karl Nachschlag. Aber da war sein Glas alle.

„Frolleinsche, bei mir kannste es Gläsje immer vollmache“, erklärte Karl schmatzend der Kellnerin.

„Und wie schmeckt's?“, fragte Luise.

„Kann mer tringe“, sagte Karl. „Was issen dess?“

„Das ist Pichon Comtesse de la Longueville“, lachte Luise. „200 Euro die Flasche.“

„Prost!“, sagte Karl, hob das Glas und stieß an.

Ziemlich bald wurde es gemütlich. Mit häufigen „Blattschuss, Blattschuss, Blattschuss!“ – Rufen erhöhten die Waidmänner ihre alkoholische Schlagzahl. Auch das Personal war zufrieden. Die Gäste machten keinen Aufstand, wenn etwas schief lief, und sie fanden keinen Kork im Wein, wo keiner war. Nach dem Essen zwang man die Küchenleute dazu, aus ihrem Kabuff zu kommen. Die mussten alle auf Kosten des Apothekers mitsaufen und Zigarren rauchen. Jetzt babbelten alle laut durcheinander, und wurden immer lauter.

„Los, Erich! Erzähl noch mal, wie dich damals der Elch getreten hat!“

„Alsoo. Die Luise unn isch war'n uff Elschjacht in Finnland. Es war saukalt, abber isch ...“

„Blattschuss! Blattschuss! Blattschuss!“, riefen alle begeistert und kippten Schnaps hinunter.

Der Mainzer Apotheker war am schnellsten besoffen. Nur mit Mühe und Not schaffte er die Aufnahmeprüfung. Zehn leere, ungewaschene Schrotpatronen wurden vor ihm auf den Tisch gestellt und mit Schnaps gefüllt. Auf Blattschuss–Kommando musste er die alle austrinken. Nach dem fünften verdrehte er aber die Augen, und sank mit dem Kopf auf den Tisch. Sie schleppten ihn grölend in sein Zimmer, und feierten weiter.

„Ääner geht noch!“, lallte Karl um 23:45 Uhr.

„Min-des-tens“, stimmte Luise zu, und holte die Flasche Mirabellenschnaps an den Tisch.

Zum Glück sind wir hier im Freien, dachte Kaktus und sah durch das Nachsichtglas auf den Turm. Neben ihm knabberte Petra nervös Nüsse und furzte ununterbrochen. Der Vollmond tauchte die alte Burg von oben in gespenstiges Licht. Hinter ihnen im Wald schrie eine Eule. Vor ihnen lagen griffbereit die tödlichen Alkoholspritzen.

„RAVEASN“,

probierte Hanna, und Sesam öffnete sich. Nach vielen Stunden hatte sie das Passwort der NSAEVAR gefunden. Es war einfach der Name der Gruppe rückwärts. Jetzt wühlte sie sich durch die internen Seiten. Die Struktur war klar und eindeutig. Steuersparend organisiert als gemeinnütziger Verein mit Kaktus als großem Vorsitzendem und Kassenwart. Mit kämpferischen Fotos und den Kurzbiographien aller sieben Mitglieder und ...

Um 23:35 Uhr rief sie Karl Napp an. Sie wollte ihm sagen, dass er und Luise in höchster Gefahr schwebten. Karl Napp ging aber nicht ans Telefon. Hanna rief Luise Neumann an. Die ging auch nicht ans Telefon. Hanna versuchte verzweifelt, Franky zu erreichen.

„Schiebung!!“, brüllte Franky gemeinsam mit hundert anderen Zuschauern. Die ersten Stühle flogen Richtung Bühne. Der Bodybuilderwettbewerb in Darmstadt zur internationalen hessischen Meisterschaft war ein Betrug der Extraklasse. Den ersten Platz in der „Bikiniklasse“ hatte die Freundin des Veranstalters gewonnen. Den ersten Platz im Frauenwettkampf hatte die Freundin eines befreundeten Zuhälters aus Hamburg gewonnen, weil sie die dicksten Silikontitten hatte. Frankys Freund lag im Männerwettbewerb abgeschlagen auf Platz sieben. Zwei Jahre Training und Extrem-Diät für die Katz. Sieger in seiner Klasse wurde der Bruder des Veranstalters, weil er alle Verkaufsstände mit Nahrungsergänzungsmitteln, Pulvern und Wunderpillen betrieb.

„Schiebung!!“, brüllte Franky, und bei der anschließenden Massenkeilerei wurde sein Händi zertrümmert.

„Na, dann eben nicht“, sagte Hanna, und ging mit ihrem Freund in den „Star-Club“. Es war 00:15 Uhr.

„Narhallamarsch!“,

befahl Luise um 01:45 Uhr. Ein paar Mal hatte sie sich die Zigarette verkehrt herum in den Mund gesteckt. Zwei Mal hatte sie in das Weinglas geascht, und daraus getrunken. Schnaps passte gar keiner mehr hinein.

„Grzmblozzää“, lallte Karl, und warf den Stuhl um.
Sie schob ihn kichernd Richtung Turmtreppe. Karl blieb kurz stehen, hielt sich ein Auge zu, um die Stufen besser anvisieren zu können, und stürmte hoch. Er schaffte es tatsächlich hoch bis auf den Absatz. Auf der letzten Stufe kam er aber in Rücklage und fing hilflos an, mit den Armen zu rudern. Instinktiv versuchte er sich an der alten Ritterrüstung festzuhalten, die rechts in der Ecke stand. Es schepperte gewaltig, als er mit dem ganzen Eisenblech zusammen die Treppe rückwärts runterpurzelte.

„Dollbohrer“, kicherte Luise und stellte ihn aufrecht an die Wand. Da kam ihr eine Idee. Aus Sicherheitsgründen schnappte sie den herunter gefallenen Helm und stülpte ihn über Karls Kopf, damit er sich nicht verletzte. Dann schob sie ihn die Treppe wieder hoch bis zum Absatz.

„Mmgrmml!“, brummelte Karl dumpf, weil das Visier heruntergeklappt war.

Sie schob ihn mühsam die Wand entlang bis zum nächsten Absatz hoch. Völlig erschöpft setzte sie sich auf die oberste Stufe und rauchte eine Zigarette. „Geht’s weider?“, fragte Luise schnaufend.

„Mmmggrmmfff“, antwortete Karl dumpf, fiel um, purzelte wieder die Treppe herunter, und blieb wie ein Käfer auf dem Rücken liegen.

„Wie Sysyphos“, gickelte Luise, und ging wieder nach unten, um ihn aufzurichten. Sie klappte das Visier hoch und fragte: „Geht’s jetzt vorwärts?“

„Grzzmmbbli“, antwortete Karl deutlich, und versuchte aufzustehen. Dabei fiel das Visier wieder herunter.

Luise dachte nach. Es war eine Schnapsidee, im aufrechten Gang die Treppe hoch zu laufen. Das würden sie nie schaffen. Sie zerrte ihn auf allen vieren zur Treppe. Dann schnappte sie das alte Schwert von der Rüstung, und stach ihm in den Arsch.

„Mmmssbbrrr!“, zuckte Karl zusammen, und tappte wie ein besoffener Bär auf allen vier Pfoten die Treppe hoch.

„Klappt doch“, freute sich Luise. Mit vielen Stichen trieb sie ihn im Bärengang nach oben. 20 Minuten später standen sie schon vor dem Zimmer.

„Mersinnfalsch“, lallte Karl, und zeigte auf die Nummer 9 an der Tür.

„Hutsimpel“, lachte Luise, und klappte das Visier herunter wie bei einem Papagei, dem man eine Decke über den Käfig stülpt, damit er Ruhe gibt.

„Mmsnfaff“, grunzte Karl unter dem Helm, als sie ihn ins Bett bugsierte. Sofort fing er an, laut zu schnarchen. Luise machte die Balkontür auf und das Licht aus. Dann krabbelte sie neben Ritter Karl ins Bett, und schlief sofort ein. Tief und fest.

„Mussbrunze“, lallte Karl eine Stunde später. Er wusste aber nicht, wo er war. Er wusste auch nicht, wo die Toilette war. Er stieß mit dem komischen Ding auf seinem Kopf gegen die Wand, und prallte zurück. Dann fand er den Weg durch die offene Balkontür. Da war ein großes Pissbecken! Wegen dem Ding auf dem Kopf konnte er nichts sehen. Er fummelte den Schniedelwutz aus der Hose, strullerte, und torkelte wieder zurück. Er bollerte mit dem Ding auf dem Kopf gegen das Bett. Da lag Erna und schnarchte. Er krabbelte ins Bett, legte sich daneben und schlief sofort wieder ein. Tief und fest.

„Widerliche Alkoholikerin!“,

rief Kaktus hysterisch sieben Meter unter dem historischen Abort, als er merkte, dass kein warmer Regen, sondern Urin über sein Gesicht strömte. Dann fing er leise an zu wimmern. „Diese widerliche ...“

Petra sagte nichts. Sie fühlte nur Hass. Grenzenlosen Hass auf die Fleischfresserin. Und Wut. Wut auf Kaktus.

Als das Licht im Turmzimmer an, und wieder ausgegangen war, hatten sie eine halbe Stunde gewartet. Dann schleppten sie die Leiter lautlos um den Fischteich herum zum Gerüst. Sie waren keine Gerüstbauer, oder Dachdecker. Es war nicht einfach, nachts ein Gerüst hoch zu klettern, und eine Leiter hochzuziehen. Vor allem Psychologe Kaktus, der noch nie im Leben etwas sinnvolles gearbeitet hatte, tat sich schwer. Seine dünnen Ärmchen zitterten, wenn er die Leiter außen hochhielt, damit die pausenlos furzende Petra das Ding hoch auf die nächste Ebene ziehen konnte. Vor allem durften sie keinen Lärm, und kaum Licht machen. Sie trugen Stirnlampen, den Lichtschein auf minimale Stärke gedreht.

„Pause“, flüsterte er schon auf der dritten Gerüstebene. Seine rechte Hand schmerzte, weil er die Leiter falsch gegriffen, und die zarten Fingerchen gequetscht hatte. Er hielt sich die verletzten Finger und jammerte leise.

Wie der Sensenmann, dachte Petra wütend. *Er ist genau so eine Memme wie der Sensenmann. Bei der kleinsten Schwierigkeit fängt er an zu jammern!*

Vor drei Tagen war sie ungeheuer stolz auf Kaktus gewesen, weil er endlich selbst etwas tat, anstatt zu delegieren, und andere an die Front zu schicken. Aber in den letzten Stunden hatte sie bemerkt, wie seine Entschlossenheit immer schwächer wurde.

Sie stieß ihn mit dem Fuß an: „Weiter!“

Er rappelte sich hoch. Sie übernahm die Führung und trieb ihn nach oben. Dabei konnte sie förmlich spüren, wie ihm mit jeder höheren Gerüstebene das Herz tiefer in die Hose rutschte.

„Ich bin nicht schwindelfrei“, jammerte er.

„Und ich hab Höhenangst!“, fluchte sie. Erbarmungslos trieb sie ihn hoch. Als sie endlich auf der obersten Ebene waren, befahl sie 10 Minuten Pause. Aber da kam der warme Regen.

Und der furchtlose Führer Kaktus bekam eine furchtbare Krise. „Die hat mich angepinkelt“, heulte er hysterisch. „Angepinkelt! Das ist psychologisch gesehen die übelste Form der Missachtung, die ...“

„Halt’s Maul, Kaktus! Wir stellen jetzt die Leiter an!“

Petra musste es fast alleine tun. Aber die Wut gab ihr Kraft. Sie stellte die Leiter leise an die Mauer, und schob langsam die Ausziehleiter hoch. Immer ein Stück höher. Als es zu schwer wurde, musste er helfen. Sie hielt die Leiterspitze von der Mauer weg. Kaktus schob das Ausziehteil ein wenig nach oben, und ließ den Sicherungshebel einrasten. Sie stellte die Spitze wieder leise an die Mauer. Pause. Sie hob die Leiterspitze wieder von der Mauer weg, Kaktus schob. Pause. Sie hob ...

Als die Leiter oben an der Balkonbrüstung anlag, holte sie das Lattenstück mit den vorher gebohrten Löchern aus dem Rucksack, legte es an den Leiterfuß, und jagte mit dem kleinen Akkuschrauber zwei Schrauben hinein, damit die Leiter nicht wegrutschen konnte. Dann zog sie die Schutzhüllen von den tödlichen Spritzen. Eine davon gab sie Kaktus.

„Wir gehen jetzt die Leiter hoch!“, befahl sie.

„Geh du vor“, sagte er schluchzend.

Petra leuchtete in sein blasses Gesicht, und hielt ihm die Spritze dicht unter die große Nase: „Geh hoch! Jetzt!"

Kaktus gab ihr seine Spritze und stieg mit zitternden Beinen die Leiter hoch. Dauernd fühlte er ihren Kopf an seinem Hintern. Sie drängelte ihn. Die Leiter wackelte. Er hatte Angst und wurde langsamer. Sie drängelte. Die Leiter wackelte noch mehr. Er zitterte am ganzen Körper, sein Puls hämmerte bis an die Schläfen. Unter ihm war ein dunkler Abgrund. In der Mitte der Leiter klammerte er sich mit beiden Händen an den Holmen fest und stammelte: „Ich kann nicht mehr!"

Da spürte er die Nadelspitze in seiner Arschbacke.

„Geh weiter, oder ich drücke die Spritze ab!"

Panisch flitzte Kaktus hoch. Aber da kam von oben ...

Karl Napp wurde zum zweiten Mal wach. Neben ihm lag Erna auf dem Rücken und schnarchte. Diesmal musste er nicht pinkeln, er musste kotzen. Alles drehte sich. Er wälzte sich aus dem Bett und fiel auf den Boden. Immer noch hatte er das komische Ding auf dem Kopf. Wo war er? Sicher nicht zuhause. Der Brechreiz kam hoch. Wie sollte er mit diesem Scheißding auf dem Kopf kotzen? Er robbte mit beiden Händen an dem Ding. Endlich bekam er es ab. Es war ein Helm. Wie kam ein Helm auf seinen Kopf? Wo war die Toilette? Undeutlich sah er im Mondlicht eine Balkontür. Er musste würgen.

„Uuaarrgghh", ergoss sich ein gewaltiger Schwall ins Freie. Und noch ein mal: „Uuaarrgghh!"

Sofort fühlte er sich besser. Er hörte beim Kotzen einen Schrei, aber das war wahrscheinlich ein brünftiger Rehbock im Wald. Wieso war er irgendwo im Wald? Er torkelte zurück, schloss im Halbschlaf die Balkontür, legte sich wieder zu Erna ins Bett und schlief sofort ein. Tief und fest.

Kaktus begriff erst nicht, was da herunter kam. Instinktiv zuckte er mit dem Körper nach unten und hielt sich schützend beide Hände vors Gesicht. Dabei kippte er nach hinten, roch das widerliche Erbrochene im Gesicht, und spürte die Nadel tief in den Hintern eindringen. Er hörte Petra unter sich schreien und dann hörte er gar nichts mehr. Er spürte nur noch die Nadel tief im Arsch und ein seltsam schwebendes Gefühl, als er erst mit der Leiter nach hinten kippte und dann rückwärts nach unten flog. *Wie Achterbahn*, dachte er, und spürte einen furchtbaren Schlag. Kaltes Wasser schwappte über ihm zusammen, es wurde ganz dunkel und ...

Petra versuchte ihn aufzufangen, als er mit dem Hintern nach hinten ging, um der Kotze auszuweichen. Dabei bohrte sich die Spritze in ihrer Brusttasche tief in seinen Arsch. Sie hielt sich mit beiden Händen an den Holmen fest, und versuchte ihn mit der Brust und dem Kopf zu halten. Dabei drückte sich der Inhalt der Spritze in seinen Hintern. Und sie konnte nicht mehr beide halten, weil sich die steil angelegte Leiter vom Balkon löste und nach hinten kippte. Im Fallen ließ sie die Leiter los. Sie stürzten in den Fischteich. Aufprall, Schlamm, Wasser, Kälte, absolute Dunkelheit. Als sie an die Oberfläche kam, schnappte sie nach Luft, und spuckte Wasser aus. Sie konnte nicht schreien. Sie schaffte sich ans Ufer und blieb atemlos liegen. Als der Schock nachlies, spürte sie die Schmerzen vom Aufprall. Von Kaktus keine Spur. Prustend leuchtete sie mit der Stirnlampe die Wasserfläche ab. Aber da war nichts, außer Stille. Totenstille.

Sie war nass, fror, hatte Schmerzen. Grenzenlos enttäuscht von dem Versager humpelte Petra zum Auto und fuhr weg. Die beiden Spritzen und die Flasche warf sie unterwegs aus dem Fenster.

Zwei Todesfälle und eine Scheidung

Vier Tage später tauchte Kaktus wieder auf. Maurer auf dem Gerüst sahen ihn zwischen den Seerosen treiben. Die Obduktion ergab, dass er eine Alkoholvergiftung hatte, und besoffen ins Wasser gefallen war. Die hübsche Schlagzeile lautete: „Bundesweit bekannter Wiesbadener Verkehrspsychologe sturzbesoffen ertrunken."

Die Polizei fand keinen Hinweis auf Fremdverschulden. Zwar hatte die Kellnerin ausgesagt, dass er mit einer Frau drei Tage vorher im Hotel gewesen war, aber Petra hatte eine Perücke getragen, und den Leihwagen hatte niemand gesehen. Die Aluleiter wurde auch nicht gefunden. Wahrscheinlich hatten Handwerker das Ding schon montags aus dem Wasser gefischt und mitgenommen, ohne die Leiche zu entdecken, weil die noch unter Wasser lag.

„Der ist ja tatsächlich um das Hotel herumgeschlichen, als wir dort waren" , wunderte sich Luise beim Lesen der Zeitung.

„Uff alle Fäll biste den los", sagte Karl Napp. Er meinte sich dunkel zu erinnern, nachts einen Schrei gehört zu haben, aber das konnte auch Einbildung sein, weil es dort hinten im Hunsrück von röhrenden Hirschen wimmelte. Außerdem war er besoffen gewesen. Vielleicht hatte er nur geträumt, einen Schrei gehört zu haben.

Eine Woche nach Kaktus war auch sein widerlicher Geschäftspartner, der Mainzer MPU-Berater Grabmal tot. Er hatte sich mit dem Auto und 1,9 Promille im Blut um einen Baum gewickelt. Aussagen im Umfeld ergaben, dass er öfters zu viel trank. Auch hier war kein Fremdverschulden festzustellen. Niemand weiß, ob es ein dummer Unfall war, oder Selbstmord aus Angst vor der angedrohten Anzeige wegen Steuerhinterziehung.

Der Tod dieser Abzocker änderte auch nichts. In Deutschland ergaunern zehntausende Psychologen und MPU-Berater ihren Lebensunterhalt wie Kaktus und Grabmal. Und tausende Mediziner machen Schwarzgeld mit „Abstinenznachweisen“. Gar nicht zu reden von den Abermillionen, die Konzerne wie TÜF und ADAZE mit dem Idiotentest erbeuten. Und den „Gebühren“, mit denen „Fahrerlaubnisbehörden“ Umsatz schinden. Die MPU-Mafia kennt keine Regel, außer grenzenloser Geldmacherei unter dem Vorwand der „Verkehrssicherheit“. Und diese Mafia hat eine starke Lobby.

Weil sie der absurden Fahrerlaubnisbehörde die drei Bescheinigungen vorlegte, behielt Luise ihren Führerschein. Und sie wurde Ehemann Nummer vier los. Luise ließ sich clever scheiden, und schickte den schönen Meikel in die Wüste. Vermutlich arbeitet er wieder als Skilehrer, und sucht eine vermögende Dame, die ihm ein Fitnesscenter kauft, um es in den Sand zu setzen.

Ohne ihren Psycho-Guru Kaktus fiel die NSAEVAR schnell auseinander. Die führungslosen Mitglieder irrten umher, bis sie anderen Scharlatanen in die Hände fielen. Der Sensenmann schenkte sein ganzes Vermögen einem esoterischen Yoga-Heini, und erhielt dafür Erleuchtung, die ihn als „schwer vermittelbar“ zur Agentur für Arbeit führte. Nur die eisenharte Petra machte Karriere. Nach Kaktus Tod tauchte sie spurlos unter. Jahre später tauchte sie als hohes Tier bei Seintoloddschi wieder auf. Sie war dafür zuständig, aufmüpfige Sektenmitglieder wieder in die Spur zu bringen. Und das machte sie sehr gut.

Ende

Wem dieser Karl-Napp-Krimi gefallen hat, dem kann geholfen werden. Es gibt noch acht weitere. Einfach weiterblättern.

Big Deal oder Der Stecher von Mainz

Mainz: Hausmeister und Privatdetektiv Karl Napp erhält den Auftrag, die Frau eines stadtbekannten Unternehmers der ehelichen Untreue zu überführen. Karl Napp stößt bei seinen Nachforschungen auf einen Skandal, dass der Dom wackelt. Sex, Lügen, Videos, Korruption, Erpressung.

Mittendrin: Die ehrenwerten Mitglieder der Mainzer Handkäsmafia. Unternehmer, Ärzte, Anwälte, Polizisten, Beamte, Lokalpolitiker, Fassenachter, Nullfümfer.

Die Stimmen der Kritik

Emma: „Sexistisch, vulgär, unterstes sprachliches Niveau!"

Mackenbacher Landbote: „Sehr gut. Schnell spannend, witzig, Sex und Crime: so sollten Krimis sein!"

The Royal Litterature Observer: „We are not amused."

Journal Litteraire Hebdomadeire: "Quel esprit!"

MRR an einem schlechten Tag: „Diesäs Buch ist ein schlächtes Buch!"

MRR an einem guten Tag: „Diesäs Buch ist ein gutäs Buch!"

Anonymer Brief: „Mir sind empört, dass in diesem Buch der Meenzer an sich als vorlaudes und agressifes Arschloch dargeschstellt wird. Wenn mir den Audor verwischen, hauen mir ihm uff die Fratz!"

Big Deal oder Der Stecher von Mainz. Kriminalroman von Dieter Schmidt. Karl-Napp-Verlag 2001.
EAN-Nummer: 978-3-9809395-3-9

Big Deal oder Der tote Kuttenbrunzer im Sado-Maso-Käfig

Mainz. Ein katholischer Priester wird nackt und tot im Käfig eines Sado-Maso-Bordells aufgefunden. Vorläufige Todesursache: Zuviel Suff, zuviel Koks, zuviel Viagra, zuviel Puff.

Nachforschungen ergeben, dass der tote Pfaffe zu Lebzeiten ausschweifend der bisexuellen Fleischeslust frönte. Außerdem war der geile Kuttenbrunzer tief in den Parteispendenskandal verwickelt.

Wurde er vielleicht doch ermordet? Von der Kirche? Von katholisch-fundamentalistischen Terroristen? Oder steckt die Mainzer Handkäsmafia dahinter? Privatdetektiv Karl Napp ermittelt.

Johannes Gutenberg: In dem Krimi geht's um Geld, Sex, Politik und Religion. Geiles Buch, hätt isch aach gern gedruckt.

Wiesbadener Literaturkurier: Widerlich! In diesem Krimi wird der Mainzer so beschrieben, wie er in Wirklichkeit ist. Laut, ordinär, schlecht angezogen und auch noch stolz darauf.

Südwestdeutscher Literaturrundfunk: Schpannend, witzisch unn sorgfäldisch rescherschiert. Subber. Son Kokolores find isch immer gut.

Big Deal oder Der tote Kuttenbrunzer im Sado-Maso-Käfig. Kriminalroman von Dieter Schmidt. Karl-Napp-Verlag 2002 EAN 9783000103513

Ääner geht noch!

Johannes Gutenberg ist der berühmteste Meenzer aller Zeiten, weil er angeblich den Buchdruck erfunden hat. In Wahrheit weiß man noch nicht einmal, wie er aussah. Alle Bilder, alle Denkmäler von ihm sind frei erfunden.

Als die Spur eines Gutenbergportraits aus dem Jahr 1454 auftaucht, gerät ganz Määnz aus dem Häusschen. Die Presse, die Handkäsmafia, die Hells Angels, ja sogar Wiesbadener jagen hinter dem alten Gutenberg her. Die Rheinhessische Befreiungsfront (RHF) ist auch dabei. Deshalb mischt der Verfassungsschutz mit. Zwischen allen Fronten: Privatdetektiv Karl Napp.

Johannes Gutenberg: Ja gut, sischerlisch. Schtimmt alles, was übber misch in dem Buch schteht. Abber grad deshalb! Wenn isch den Audor verwisch, haach isch em uff die Fratz, dem Arschtörtsche!

Europäisches Institut für vergleichende Sexualforschung: Sauwitzisch! Der Mainzer Dialekt hat einen unglaublichen sexuellen Wortschatz. Schon Carl Zuckmayer war begeistert von dieser Fleischworschterotik.

Wiesbadener Literaturkurier: Wie hier Wiesbadener dargestellt werden, ist empörend! Außerdem ist das Buch intellektuellenfeindlich!

Rheinhessischer Metzgerverband: Endlich ein Buch über Gutenberg, das die Gutenberg-Metzgerei erwähnt.

Ääner geht noch! Kriminalroman von Dieter Schmidt.
Karl-Napp-Verlag 2004. EAN 9783980939508

FSV oder FCK?

Beim FSV Meenz Nullfümf brennt der Kittel. Die Kasse vom Fassenachtssportverein ist ganz leer, das nagelneue Ernst-Neger-Stadion ist nur halb voll und die Mannschaft spielt wie besoffen. Da hat sogar der dicke Kardinal die Faxen dick. „Isch geh nit mehr enuff!“, verkündet er wütend von der Kanzel herunter.

Deshalb putscht die Mainzer Handkäsmafia. Obermafiosi Brezelmüller wird Präsident und Metzgermeister Fleischworschttoni wird Mänätscher vom FSV. Jetzt weht den geföhnten Profis ein eisiger Wind ins Gesicht. „Ihr müsst Gras fresse!“, brüllt Toni die Spieler an. Und neue Verträge werden im Puff auf Bierdeckeln skizziert.

„Ich habe Vertrag!“, sagt der Mainzer Spieler Michi Raffzahn. Michi hat das gleiche Problem wie alle Fußballer. Er weiß nicht, wie er die Zeit totschlagen soll, wenn das bisschen Training vorbei ist.

Was soll er tun? Stundenlang vorm Spiegel stehen und Gel in die Haare schmieren? Beim In-Italiener herumlungern? Playstation spielen und DVDs gucken? Oder soll er einen Ferrari kaufen? Auf jeden Fall besteht der Verdacht, dass Michi heimlich mit Lautern verhandelt. Mit dem Betze! Das ist Verrat!

Und was sagt der Fußball-Profi zu diesem Buch?

Michi in Mainz: Mainz ist ein Traum für mich. Super Fans, geile Atmosphäre und eine tolle sportliche Perspektive.

Michi in Lautern: Es war schon immer mein Traum, hier spielen. Die tollen Fans! Die Atmosphäre im WM-Stadion!

Michi in Schportbild: Ja gut, sicherlich. In den Medien wird ja alles so hochsterilisiert.

FSV oder FCK? Kriminalroman von Dieter Schmidt.
Karl-Napp-Verlag 2008. EAN 9783980939522

Das Mainzer Bernsteinzimmer

Mainz: Um noch mehr hässliche Luxuswohnungen zu bauen, reißt die Wohnklaugesellschaft einen schönen Altbau ab. Aber im Keller liegt ein deutscher Soldat, der 1945 ermordet, in einen Brunnen geworfen und mit Beton versiegelt wurde. Der Tote hat kleine gelbe Brocken dabei.

„Das sind Teile des Bernsteinzimmers!“, rufen aufgeregte Experten. Sofort bricht der Irrsinn aus. Rasende Reporter überfallen Mainz, Zeitungen berichten sensationsgeilen Schwachsinn, in der Glotze jagt eine Sondersendung die nächste. Der Landesfürst babbelt wischdisch daher, Russland meldet Ansprüche an, die Kanzlerin ruft das BKA.

Jetzt wollen alle das Mainzer Bernsteinzimmer finden. Journalisten, Schatzgräber und Dollbohrer wühlen in den alten Gängen unter der Stadt. Ganz vorne dabei: Karl Napp und die Mainzer Handkäsmafia.

Weisenauer Rheinzeitung: Sensation! Vergammelt das Bernsteinzimmer in den Festungsgängen von Mainz?

Der Schpiegel: Sauerei! Seit 1945 suchen der KGB, die STASI und der Schpiegel das Bernsteinzimmer. Aber jetzt findet ausgerechnet der Mainzer Hutsimpel Karl Napp in der Gaustraße ...

Pressesprecher der Meenzer Wohnklaugesellschaft: Mir mache gern teure Dienstreise, tun edel schpeise, unn baue nur Scheiße. Unn jetzt habbe mir aach noch Leiche im Keller?

Präsident Pudding: Das Bernsteinzimmer gehört uns! Wurde 1941 von den Deutschen geklaut. Sofort die Gaslieferungen drosseln! Geheimdienst nach Mainz schicken! Dawei!

Das Mainzer Bernsteinzimmer. Kriminalroman von Dieter Schmidt. Karl-Napp-Verlag 2010. EAN 978-3-9809395-4-6

Narrhallamarsch!

Mainz. Ein furchtbares Verbrechen erschüttert die Stadt. Dreiste Diebe haben aus dem Fassenachtsmuseum die Lederschürze von Ernst Neger geklaut. Die weltweit einzigartige Lederschürze von Ernst Neger! Außerdem wurden aus dem Tresor alle Fassenachtsorden seit 1819 gemopst.

Die Kripo gründet die SOKO Helau, tappt aber hilflos im Dunkeln. Wer stiehlt das Mainzer Weltkulturerbe?

Vor allem die Meenzer Handkäsmafia ist betroffen und erfüllt von Wut und Trauer. Im Tresor lagen nicht nur verstaubte Orden von anno Tobak, sondern auch 500000 Euro Schwarzgeld. Die Handkäsmafia setzt ein Kopfgeld aus und ruft Karl Napp. Der soll die Täter und das Geld finden.

Pressesprecher der Mainzer Handkäsmafia

Dess warn beschtimmt Wiesbadener! Wenn mir die Drecksäck verwische, dann schneide mir dene die Eier ab!

Wiesbadener Literaturkurier

Ein ekelhaftes Buch von geradezu widerlicher Realitätsnähe!

Weisenauer Rheinzeitung

Wir würden ja gerne etwas über dieses Buch schreiben. Aber der Chefredakteur hat es verboten.

Vilzbächer Allgemeine Zeitung

Kein Kommentar. Die Handkäsmafia hat eine Nachrichtensperre über diesen Fall verhängt.

Fronkfurder Allgemoine Zeidung

Geiler Krimi. Rischdisch witzisch!

Narhallamarsch! Mainzer Kriminalroman von Dieter Schmidt. Karl-Napp-Verlag 2012. EAN 978-3-9809395-5-3

Spitze Schreie im Wingert

Mainz wird immer vornehmer und langweiliger. Jetzt gibt es hier sogar Feinschmecker, Weinkenner und ...
„Dummbabbler!“, tobt der rheinhessische Winzer Kurt. Kurt kann keine Weinkritiker leiden. Wenn diese Schwätzer in seiner Straußwirtschaft auftauchen, hetzt er den Hund auf sie. Deshalb kostet sein Liter Riesling nur 3,50 Euro. Aber sonst ist alles gut. Er ist frisch verliebt in ...
„Die Schlamp!“, tobt der Rheingauer Winzer Siegfried, weil er den Verdacht hat, dass seine Frau fremd geht. Deshalb ruft er den Mainzer Privatdetektiv Karl Napp.
Siegfried ist der König des Rheingauer Rieslings. Alle Weinkritiker lieben ihn. Deshalb kosten 0,7 Liter seines edlen Tropfens stolze 19,80 Euro. Und keiner merkt, dass Siggi mehr Wein verkauft, als er Wingert hat.
„Alle Hesse sinn Verbrescher!“, tobt Karl Napp, als er bei seinen Nachforschungen hinter dem vornehmen Etikett des Rheingauer Rieslings kratzt.

Kostheimer Allgemeine Zeitung (KAZ): Dess Buch iss sauwitzisch, aber nischt geeignet für Leser, die lieber übber Woi babbeln, anschtatt ihn zu saufe. Prost.
Pressesprecher vom Great Wine Capital Meenz: Dieses Buch ist ekelhaft, primitiv, ...
Wiesbadener Weinforum: ... widerlich und vulgär!
Rheinhessischer Weinexperte: Also, isch trink immer „Wackernheimer Schädelspalter“. Kost net viel, macht schee voll, unn gebt ordentlisch Koppweh.
MRR: Diesäs Buch ist ein gutäs Buch. Wie im richtigän Lebän, gibt es keinä logischä Handlung, und keinä geistigä Entwicklung.
Alte Winzerweisheit: Liebe vergeht, Hektar besteht
Spitze Schreie im Wingert. Mainzer Kriminalroman von Dieter Schmidt. Karl-Napp-Verlag 2013.
EAN 9783980939560